Friedrich Francke

Zur Gründungsgeschichte von Johanngeorgenstadt

Anatiposi

Friedrich Francke

Zur Gründungsgeschichte von Johanngeorgenstadt

Unveränderter Nachdruck der Originalausgabe von 1854.

1. Auflage 2023 | ISBN: 978-3-38203-698-0

Anatiposi Verlag ist ein Imprint der Outlook Verlagsgesellschaft mbH.

Verlag: Outlook Verlag GmbH, Zeilweg 44, 60439 Frankfurt, Deutschland
Vertretungsberechtigt: E. Roepke, Zeilweg 44, 60439 Frankfurt, Deutschland
Druck: Books on Demand GmbH, In de Tarpen 42, 22848 Norderstedt, Deutschland

Zur

Gründungsgeschichte

von

Johanngeorgenstadt.

Mittheilungen aus archivalischen Quellen.

Nebst

den bei der 200jährigen Jubelfeier am 23. und 24. Febr. 1854 gehaltenen kirchlichen Vorträgen

herausgegeben

von

Dr. Friedrich Francke,

Pfarrer und Superint. zu Schneeberg.

Der Ertrag ist für das Kirchenärar zu Johanngeorgenstadt bestimmt.

Schneeberg,
gedruckt in der C. Schumann'schen Buchdruckerei.
1854.

Vorwort.

Die nachfolgenden Blätter, eine verspätete Gabe zur Jubelfeier des lieben Bergstädtleins Johanngeorgenstadt, wollen dessen Vorgeschichte und erste Anfänge genauer und quellenmäßiger darstellen, als dies in Engelschall's Chronik (Leipz. 1723. 4.) geschehen ist. Möchte ihnen das gelungen sein.

Die Extracte aus dem Hauptstaatsarchive, dessen Benutzung durch die wohlwollende Vermittelung des Herrn Geheimen Archivars Dr. von Weber mir gestattet worden war, hat Herr Stadtwaisenhausprediger Tutzschmann in Dresden eben so freundlich als gewissenhaft besorgt. Außerdem habe ich die im Archive des k. Gerichts zu Johanngeorgenstadt aufbewahrten „Acta, Die von der Platta weg-„gewichenen Exulanten, und an dem Fastenberge neu auff-„bauende Johann Georgen Stadt betr." (Cap. I. lit. C. No. 10.) benützt. Auch sind mir manche werthvolle Notizen, für welche ich hiermit öffentlich danke, von Platten aus zugegangen.

Am Schlusse der historischen Beilagen findet man das Facsimile der für die Entstehungsgeschichte Johanngeorgenstadt's bedeutsamsten Persönlichkeiten.

Schneeberg, den 9. Juni 1854.

F.

Inhalt.

I.

Die Katholisirung der nordböhmischen Berg=
städte im 17. Jahrhunderte.

Nach dem blutigen Strafgerichte, dessen Zeuge Prag am 21.
Juni 1621 gewesen war, sollte das evangelische Böhmen erleben, was
Steiermark, Kärnthen und Krain bereits 1598 erlebt hatten. Fer=
dinand II. († 15. Febr. 1637), gebunden durch die Gelübde seiner
Jugend, von jesuitischen Beichtvätern bearbeitet und namentlich von
dem päpstlichen Nuntius Carl Caraffa unablässig gedrängt, unter=
nahm es, den Protestantismus in böhmischen Landen planmäßig aus=
zurotten, ein Werk, das ihm und seinem Sohne Ferdinand III.
(† 2. April 1657) in wenig Decennien fast vollständig gelang. Be=
kehrungscommissarien, denen der Statthalter Carl Fürst von Lich=
tenstein die kaiserlichen Reformationsedicte fleißig einschärfte, zogen
meist von auserlesenen Jesuiten und von Lichtenstein'schen Dragonern,
den berüchtigten „Seligmachern", begleitet von Ort zu Ort, schlossen
die Kirchen, verjagten die Geistlichen, anfangs nur die picardischen,
calvinischen und böhmisch = lutherischen, bald trotz der Fürsprache Jo=
hann Georg I. auch die deutsch = lutherischen *), verbrannten die
Bibeln und Gebetbücher, setzten die evangelischen Beamten ab und nö=
thigten alle nichtkatholische Einwohner oft unter den rohesten Quäle=
reien, entweder ihrem Glauben untreu zu werden oder „in einer engen
präfigirten Zeit" das Land wie Uebelthäter zu räumen und „das bit=

---

*) Briefe Joh. Georg I. an den Landhofmeister Adam von Walbstein d. d.
21. Decbr. 1621, an Lichtenstein d. d. Moritzburg 10. Octbr. 1622, an den
Kaiser d. d. Schkeuditz 29. Octbr. 1622. Ablehnende Antwort des Kaisers
d. d. Regensburg 25. Jan. 1623. Siehe Peschek, Gesch. der Gegenreform.
in Böhmen II. 32. fg.

tere Elend zu bauen". Die weit überwiegende Mehrzahl der Bedräng=
ten — Dank ihrer Glaubenstreue — benützte das „beneficium emi-
grandi", wie es in Art. V. §. 30. des Westphälischen Friedensinstru=
ments genannt wird, und führte so in den Hauptverfolgungsjahren
1622 fg., 1627 fg., 1650 fg. dem Auslande eine Fülle tüchtiger
Kräfte zu, deren Verlust für Böhmen ein unersetzlicher war. *)

Von den deutschen Lutheranern nun wanderten die Meisten aus
begreiflichen Gründen nach dem nahen, streng lutherischen Chursachsen,
zunächst vorzugsweise nach der an Sachsen verpfändeten, seit 1635 erb=
lich abgetretenen Lausitz und nach den an der Elbe herauf gelegenen
Orten (Schandau, Königstein, Pirna, Dresden), wo sie gegen den
vorgeschriebenen Erulanteneid **) liebreich aufgenommen wurden. Daß
sich jedoch Erulanten gleich anfänglich auch in das sächs. Erzgebirge
gewendet haben, erhellt aus einem Gesuche, welches der Rath zu
Annaberg an den Churfürsten unterm 11. Novbr. 1622 richtete.
Derselbe schreibt: „... Dieweil aber ihrer viel zum Pabstthumb sich
„nicht vorstehen wollen, besondern ganz gerne Exules Christi werden,
„und sich unter Churf. Gn. Schutz zu begeben gesinnet sein. Als ha=
„ben wir vor eine hohe unterthenigste Notturfft erachtet, hierüber E.
„Ch. Gn. austrückliche gnedigste meinung unterthenigst zu vornehmen,
„ob wir solche Exules von Herrn, Adell und Bürgerstandes ohn un=
„terscheidt allhier Recepiren sollen oder nicht?..." Darauf erfolgte
der Bescheid d. d. Sangerhausen 19. Nov. 1622: „...So viel nun
„die Geistlichen, welche deßwegen, daß sie Irer Dienste erlaßen, her=
„ausweichen, betrifft, Seind wir zufrieden, daß mann dieselben vff
„eine Zeit lang mit den Irigen einnehme. Was aber ander Personen
„sie haben nahmen wie sie wollen und was standes dieselbe seind an=
„langt, soll sich der Rath erstlich und vor der einnehmung eines jed=
„weden condition, vorhaltens, lebens und wandels und worumb er
„aus Böhmen weichet, wol erkundigen, wie sichs befindet untterthe=

---

*) Vergl. Pelzel, Gesch. der Böhmen II. 790 fg.

**) Der Eid lautete: „Ich schwöre zu Gott dem Allmächtigen einen leiblichen
Eid, daß ich Churf. Durchl. zu Sachsen, meinem gnädigsten Herrn, unter
deren gnädigsten Schutz als ein Erulant ich mich begeben, getreu und gewehr
sein will, Ihr Churf. Durchl., auch F. E. Raths und Gemeiner Stadt all=
hier Schaden warnen und Frommen fördern, als ein frommer getreuer Mann
seiner hohen und vorgesetzten Obrigkeit thun soll, will mich auch in keine
fremde Kriegsbestallung einlassen, auch mit des H. Röm. Reichs und Ihrer
Churf. Durchl. Feinden aller verdächtigen Correspondentz eines oder des an=
dern Orts gänzlich enthalten, so wahr mir Gott helfe und sein heil. Wort."

„nigst berichten und boruff der einnehmung halben Unsers bescheids er=
„wartten . . ."*)

Breiter freilich ward der Strom der Auswanderung in's sächs.
Erzgebirge, als seit dem Jahre 1624 die Verfolgung dem höheren
Norden Böhmens sich zuwendete und namentlich auch die Bergämter
Presnitz und Joachimsthal nebst den letzterem „incorporirten
Bergflecken" Platten, Gottesgabe, Pleystadt und Aber=
tham traf. Denn obwohl die Bergstädte im Allgemeinen und insbe=
sondere die an der Grenze anfangs einige Schonung erfuhren, theils
weil man der deutschen Bergleute nicht entrathen konnte, theils weil
es gar bald bedenklich schien, die an der Grenze doppelt leichte Aus=
wanderung durch Gewaltmaßregeln zu befördern **), theils endlich weil
die Intercessionen Johann Georg I. gerade für jene Städte sehr
nachdrücklich waren und am kaiserlichen Hofe tiefen Eindruck machten,
so siegte doch der Fanatismus schnell über alle Rücksichten. ***) Den
Beweis dafür wird die folgende Darstellung geben, in der wir vor=
zugsweise die Bedrängniß der Schwesterstädte Joachimsthal, Plat=
ten und Gottesgabe, deren Geschick mit der Gründung Johann=
georgenstadt's eng zusammenhängt, zu schildern haben.

a. Das Jahr 1624 fg.

In Joachimsthal, dieser 1516 gegründeten und ursprünglich
den Grafen von Schlik gehörigen „newen Stadt, die gleich mit dem
Evangelio angieng," wie die Vorrede zur Chronica (Leipz. 1618. 4.)
sagt, die 1533 ihre Kirche „ohne einige fremde Beisteuer" erbaut hatte
und nach dem Zeugnisse ihres treuen Pfarrers Johann Mathesius
(1541 — 65) „bei dem Augsburgischen Bekenntniß Fuß zu halten ge=
dachte," begann der Angriff auf die hundertjährige Religionsübung
damit, daß der Statthalter Fürst v. Lichtenstein dem Oberamte

---

*) Erulanten=Acten (HSt. Archiv) I. Buch No. 10331. Bl. 147 fg.

**) Waren doch allein im J. 1623 über 12000 Evangelische aus Böhmen aus=
gewandert.

***) Von der Wirkung, welche die Fürbitten des sächs. Churfürsten hervorbrach=
ten, sagt der Nuntius Caraffa in seiner Germania sacr. restaur. (b. Pe=
schek II. 83.): „quod tota imperatoris aula, quoties querelae Saxonum
electoris de Protestantium ejectione e ditionibus Austriae Viennae audiebantur,
mirum in modum commoveretur, ut ipse Caesar cogitabundus et
anxius haereret saepius et timore trepidaret, nonnunquam de contrariis de=
cretis haud parum sollicitus." Indeß eben dieser Caraffa wußte alle Be=
denken zu zerstreuen.

und dem Hauptmanne **Chriſtoph Grab von Grünenberg** un=
term 6/17. Juli 1624 den ſtrengen Befehl zugehen ließ, die nichtka=
tholiſchen Prieſter in der Stadt und Umgegend alsbald zu entfernen
und den evangeliſchen Gottesdienſt abzuſchaffen. Dieſen Befehl vollzog
der Hauptmann in ſo weit, daß er am 16. Aug. dem Pfarrer Jacob
Schober und den Diakonen Gregor **Richter** und Paul **Münch**
amtliche Verrichtungen unterſagte und die Kirche ſchloß. *) Wenn nun
gleich der bald darauf eintreffende Dominicaner und Prager Suffragan
D. Georg **Landherr**, der das Kirchenweſen nach katholiſchen Grund=
ſätzen reorganiſiren ſollte, ſammt ſeinem Secretär George **Stucher**
eine ſehr üble Aufnahme fand und ſchon am 5. Septbr. wieder abrei=
ſen mußte; wenn gleich der Befehl des Hauptmanns vom 4. März
1626, alle Bürger ſollten ſich kaiſerlichem Willen gemäß von dem De=
chant zu Kaban u. A., die zu dem Ende kommen würden, im kathol.
Glauben unterrichten laſſen, um ſo weniger beachtet wurde, als in=
zwiſchen **Johann Georg I.** den Bergſtädten eine Bedenkzeit von
drei Jahren (1625—1627) ausgewirkt hatte, ſo war doch das Auf=
treten des Grafen Georg **von Michna**, der mit zwei Jeſuiten am
Sonntage Oculi 1626 erſchien und, wie man nach dem Vorigen an=
nehmen muß, unbefugter Weiſe Rath und Bürger auffoderte, bin=
nen 24 Stunden entweder das Abendmahl sub una zu nehmen oder
aus der Stadt zu weichen, ſo drohend, daß mehrere Rathsmitglieder,
freilich nur vorübergehenden, Gehorſam gelobten und viele Einwohner
die erbetene eintägige Bedenkfriſt benutzten, um nach dem eine Meile
entfernten ſächſiſchen Neuſtadt=Wieſenthal zu Schlitten zu fahren und
daſelbſt zu bleiben, oder anderswo in Sachſen einen Zufluchtsort ſich
zu ſuchen. **) Bei Alledem kam es damals, ſchon wegen des Man=
gels an katholiſchen Geiſtlichen, noch nicht zur Einſetzung eines ſol=
chen, vielmehr ſcheinen Schober, Richter und Münch bis 1629 we=
nigſtens insgeheim der Seelſorge ſich unterzogen zu haben.

---

*) Dieſe Zeitangaben finden ſich in den Geſuchen der Städte Platten und Got=
  tesgabe vom 4. Decbr. 1648 und Joachimsthal vom 21. April 1649 (ſ. unten
  S. 16 fg.). — Anders b. **Peſchel** II. 231. fg. 537.

) **Peſchel II. 234 fgg. — Unter den Flüchtigen wandten ſich damals Ei=
  nige nach Eibenſtock, z. B. Wolffgang **Höltzel**, exul literatus et politicus
  (wie ihn Pufendorf, Pf. in Eibenſtock und Oheim des berühmten ſchwed. und
  preuß. Geh. Raths, nennt), der ſpäter als Zehntner in Schneeberg gelebt
  hat, und Hans Chriſtoph **Siegel**, Rathsverwandter aus Joachimsthal.
  Siehe **Oettel**, Alte und Neue Hiſt. d. Bergſt. Eybenſt. Schneeb. 1748. 4.
  S. 32. — Andere gingen nach Annaberg ꝛc. —

Aehnlich erging es den Bergstädtlein Platten und Gottesgabe im Jahre 1624. Beide, ursprünglich zur Herrschaft Schwarzenberg gehörig und mit dieser von den Herren von Tettau im J.
1533 an Churf. Johann Friedrich für 126000 Gülden ver-
kauft *), waren von Letzterem ausgebaut, mit Kirchen, Pfarrhäusern,
Glocken, Hospital und Rathhaus versehen und sonst vielfach begnabigt
worden. Ihr evangelisches Bekenntniß war von jeher unangefochten
geblieben, auch als sie im Schmalkaldischen Kriege an die Krone Böhmen übergehen sollten; denn Ferdinand hatte in dem Prager Vertrage vom 14. Octbr. 1546 zugesagt, die neuen Unterthanen nicht
mit Gewalt von ihrer Religion zu drängen, sondern sie „bis auf
christliche Vergleichung" dabei zu lassen **), eine Zusage, die bei der
Besetzung durch kaiserliche Truppen (Ende Oct. 1546) ebenso in Gel-
tung blieb, als bei der Erbvereinigung vom Jahre 1552, kraft deren
die zwei Städte dem Königl. Oberamte Joachimsthal einverleibt wurden, und der sächs. Churfürst nur die Jagd, so wie den halben Zehnten von dem Ertrage der Bergwerke sich vorbehielt. ***) Platten
insbesondere hatte bis zum Jahre 1624 11 evangelische Pfarrer und
8 Diakonen gehabt†); der eilfte Pfarrer, Kilian Rebentrost,

---

*) Oettel a. B. S. 170.

**) v. Langenn, Moritz. I. 286.

***) Vergl. die Vorstellung des Ober-Consist. an Joh. Georg I. vom Octbr.
1649 unten S. 18. — In Bezug auf den Krieg 1546 besagt ein „Extract
aus der Plattener Chronica Fol. 128." (H.St.A.): „Anno 1546: Herzog
„Johann Friedrich, sambt Ihrer Ch. Durchl. dreyen Jungen Herren,
kam mit eyl herein auf die Gottesgabe, verwartete aber nicht lange, wegen
etzlicher angebrachter Brief, vndt ist so bald an allen Orthen des Landes große
noth worden. Sonntag nach Ursula [21. Oct.] Ist demnach die Platten
vndt Gottesgabe von der Röm. Kais. Maytt. Kriegs-Räthen Herrn Christoff
von Bendorff vndt andern mit dem Schwerdt Eingenommen worden, Dahero
damahls die armen Einwohner gewichen vndt alles stehen lassen zc. Darumb
Hr. Christoff v. Bendorff sein Lager selber Nacht auff der Platten auffgeschla-
gen, vndt ein gleidtsbrief außgeschrieben, daß alle Plattener Eingehen, bey-
halten, herkommen, Religion vndt Gerechtigkeiten bleiben vndt allein Röm. Kais. Maytt. holten [d. i. hulden, huldigen] solten."

†) Die Pfarrer: Joh. Hanauer, 1533 — 35 (hielt, da die Kirche noch
nicht erbaut war, in der untern Stube des Amthauses Gottesdienst); Joh.
Seydemann (Seydelmann) aus Zwickau, vorher in Schneeberg ange-
stellt, 1535 — 37; Joh. Hanauer zum zweiten Male, 1537 bis Lä-
tare 1538; Joh. Weber aus Schwarzenberg, 1538 — 39; M. Joh.
Meißzahl, von Jan. bis Septbr. 1539; Joh. Seydemann zum zwei-

der Vater von sieben Kindern, sollte der Erste der Erulanten werden. In Folge des schon erwähnten Lichtenstein'schen Befehls an das Ober= amt zu Joachimsthal vom 6/17. Juli 1624 mußte er am 11. Sonn= tage nach Trin. von Amt und Stadt weichen und ging nach Anna= berg, wo er später Bergprediger wurde und als Jubilar starb. *) Ob damals D. Georg Landherr, welcher mit der Reformation der Berg= städte beauftragt war, als Commissar in Platten gewesen ist und noch mit anderen Schritten gedroht hat, ist ungewiß; daß aber dergleichen Schritte gefürchtet wurden, beweist die Nachricht der Eibenstocker Kir= chenbücher: „Herr Caspar Bernhardt von Breitenbach, welcher Elias Meichßners am Fastenberg Tochter, Barbara, **) 1625 ehelichen wol= len und eigentlich zur Platte sollen getrauet werden, getraute sich nicht dahin zu gehen, sondern ließ sich hier copuliren, so weit gingen schon die Religionsverfolgungen." ***) — Nach Rebentrost's Wegzuge wur= den die geistlichen Amtshandlungen von dem Schulmeister Elias Rich= ter zu Platten, vorübergehend auch von dem evangel. Pfarrer in Abertham, Erasmus Beck (Pistorius), verrichtet; die Einwohner= schaft aber that, wie Coloss. 2, 7. geschrieben steht. †)

b. Die Jahre 1628 fgg.

Mit dem Jahre 1627 wurden die Maßregeln wider die Evange= lischen ernster und schroffer. Hatte man es bisher vornehmlich auf die Geistlichkeit abgesehen, so verkündigte das kaiserliche „Reformationspa= tent vom Tage des Ignatius" (31. Juli) die Einsetzung einer Com=

---

ten Male, 1539 — 40; Joh. Weiße aus Geyer, von Mich. 1540 — 41; Wolfgang Schmatzner aus Ehrenfriedersdorf, 1541 — 63; Daniel Herr= mann aus Thum, 1564 (wo er von Mathesius investirt wurde) — 1568; Georg Rebentrost aus Annaberg, 1569 — 1612; Kilian Rebentrost, Sohn des Vorigen, von 1613 — 24. — Die Diakonen: Dan. Herrmann, 1562 — 64; Joh. Fabricius, nur wenige Monate; Sam. Rieber aus Joachimsthal, 1564 — 68; Joseph Seltenreich aus Joachimsthal, 1568 — 72; Joh. Aquilejus aus Nordheim, vom Mai — Decbr. 1572, wo er Pf. in Gottesgabe wurde; Vacanz bis 1590; Joh. Kraus (Crusius) von 1590 — 99; Vacanz bis 1607; Kilian Rebentrost, 1607 — 13. Nach diesem sind Diakonen nicht mehr berufen worden.
*) Peschek II. 540. 553. Der Bruder, Daniel Reb., ebenfalls böhm. Eru= lant, wurde 1627 Pfarrer in Jöhstadt.
**) Schon um die Mitte des 16. Jahrh. hatte eine Bergmannsfamilie Meichß= ner auf dem Fastenberge sich angebaut. S. unten.
***) Oettel a. O. S. 32.
†) Ueber die gleichzeitigen Vorgänge in Gottesgabe läßt sich, da die dasigen Kirchenbücher ein Raub der Flammen geworden sind, Näheres nicht berichten.

miſſion zur Oberleitung des Bekehrungswerks, von deren ſubdelegirten Inſtructoren Hohe und Niedere, Männer und Weiber, insbeſondere die aus dem Herrn= und Ritterſtande, binnen ſechs Monaten in der katholiſchen Religion gründlich informirt werden und, dafern ſie nach Ablauf dieſer Friſt mit dem Kaiſer in dem heiligen katholiſchen Glau=ben ſich nicht vergleichen würden, das Land räumen ſollten. Für letz=teren Fall ward jedoch verwilligt, „daß ein jeder ſeine Gütter zu ver=kauffen und zu verſilbern, auch ſeine Schulden im Königreich Böhmen einzunehmen (darzu ihme ein jedwedes Gericht auf das allererſte ver=helffen ſolle) jemands aus ſeinen befreundten oder andern Catholiſchen Perſohnen Volmacht und gewaldt ertheilen khann.“ *) Es begreift ſich, wie Viele aus dem Adel und Volke die entſchiedene Durchfüh=rung dieſes Patents über die Grenze treiben mußte!

Auch die Bergſtädte im Norden ſollten unter der größeren Strenge ſeufzen. Zunächſt wurden die etwa noch vorhandenen Reſte evangel. Gottesdienſtes mit verdoppeltem Eifer ausgerottet. So erging an die Gemeinde zu **Greßlas** (**Graßlitz**), einem Bergſtädtlein der Herren von **Schönburg**, am 26. April 1628 der Befehl, ihren Prediger bin=nen drei Tagen abzuſchaffen, und obgleich die Herren v. Schönburg **) den Kaiſer unterm 21. Mai um Belaſſung evangeliſcher Zuſtände und den Churfürſten am 20. Mai um ſein Fürwort baten, obgleich Letzte=rer zweimal, den 26. Mai und 13. Septbr., ſich verwendete, ſo bedrohte doch der Kreishauptmann Herttel von Leuttersdorf den Beamten zu Graßlitz auf's Neue mit harter Ahndung, wenn er dem Gebote nicht Folge leiſte, und die endliche Reſolution des Kaiſers vom 12. Septbr. lautete dahin, es bleibe dabei, der Prediger ſei innerhalb 14 Tagen zu entfernen. Unter dieſen Umſtänden erſuchten die Herren v. Schön=burg den Churfürſten am 25. Septbr., er wolle geſtatten, daß, da ſie jedenfalls nachgeben müßten, der Prediger zu Graßlitz auf Zeit in **Klingenthal** oder **Hellhammer** wohnen, dort auch die actus ministeriales und parochiales der großen Gemeinde zu Graßlitz (wo faſt täglich Kinder zu taufen) vornehmen dürfe, vielleicht auch, daß ein Kirchlein an der Grenze von den Gewerken erbaut würde.

---

*) Exulanten = Acten IVtes Buch. Vergl. Pelzel II. 753. — Frÿher, z. B. in dem Generalmandate vom 7. April 1621, hatte Ferdinand II. den wegen der Religion Auswandernden nur geſtattet, ihre Zinſen und auch dieſe nicht ohne allerlei gerichtliche Verationen aus Böhmen zu ziehen, nicht aber ihr Beſitzthum zu verkaufen und die Kapitalien mitzunehmen.

**) Ihre Namen: Hans Georg, Auguſt Siegfried, Hans Hein=rich, Chriſtian, Hans Caspar, Wolff Heinrich.

Dies genehmigte Johann Georg d. d. Dresden, 25. Octbr. 1628. *)

An den Rath zu Joachimsthal kam am 28. Septbr. 1628 der peremtorische Befehl, er solle „mit allen Bürgern, Kindern und Waisen zwischen hier und Lichtmessen in die uralte, römische, katholische Kirche, außer welcher keine Hoffnung der Seligkeit zu gewarten ist, sich einverleiben." Nun machte zwar gegen solches Ansinnen eine Deputation, die sich im Decbr. zu den Commissarien begab, Vorstellungen; auch wurde der Aufforderung des Grafen v. Kolowrat, der am 3. Jan. 1629 die standhaftesten Bürger zu sich nach Lubiß beschied, eben so wenig Folge geleistet als der neunmaligen Citation nach Prag während des genannten Jahres: allein als im Frühjahre 1630 neue Commissarien und mit ihnen Musketiere eintrafen, mußten doch mehrere Rathsmitglieder vom Amte und nicht wenige, angesehene Bürger aus dem Lande weichen. **) Freilich wurde auch der Hauptmann Grab, der Einige zur Communion sub una verleitete und das Besißthum der Vertriebenen für Kammergut erklärte, durch den Volksunwillen Ende März 1631 genöthigt, sammt seinen Mithelfern flüchtig zu werden und schriftlich zu versprechen, daß er die Stadt in Ruhe lassen wolle. ***) In dieser Zeit erst scheinen die evangelischen Geistlichen nach Sachsen gewichen und an ihre Stelle ein „päbstlicher Clamant" getreten zu sein, so daß die armen Joachimsthaler fortan zum Pfarrer Henricus Ryhel in Neustadt-Oberwiesenthal †) wandern mußten, um zu communiciren, ihre Kinder taufen und sich trauen zu lassen. Dazu litten sie jetzt arg unter den Kriegsläuften. Deshalb richteten sie nach mit den „incorporirten Bergflecken Gottesgab, Platten, Pleystadt und Aberthamb" gepflogenem Rathschlag an Johann Georg I. am 3. Decbr. 1631 das Gesuch um Schuß wider Einquartirung und Turbirung Seiten durchziehender Soldaten und baten in einem Postscriptum: „die gnädigste Verordnung thuen zu lassen, „damit zu Wiederbestellung unserer Evangelischen Kirchen unsere vorige

---

*) Exulanten-Acten II. Buch.

**) Vorher schon waren der Stadtrichter Georg Seeling und dann dessen Nachfolger, Konrad Hütter, der zugleich Bergamtsassessor und Erzkaufamtsverwalter gewesen, ausgewandert. Leßterer wendete sich nach Schneeberg und später nach Geler. Im J 1630 zogen Mehrere nach Platten.

***) Beschef II. 233. 241.

†) Dieser Ryhel verwendete sich auch bei Joh Georg I. um Aufnahme für vertriebene adelige Böhmen; so am 2. Juli 1629 für „Wenßel Nostiß v. Nostiß und Georg Wilhelm Thiesel von Daltiß." Exul.-Act. Buch I. Bl. 251.

„alte Prädicanten und Seelsorger, welche . . . sich bißhero zu Leip=
„zigk, Waldheimb und Breitenbrunn in ministerio haben ge=
„brauchen lassen, ohne beschwerliche Unkosten sich wieder anhero in
„St. Joachimsthal begeben möchten. Deßgleichen, weil jetziger Zeit
„kein Haubtmann allhier ist, dahero bei der Gemein allerley Confu-
„siones sich eraignen möchten, Einen Haubtmann oder Verwalter, der
„Bercfverständig und ein liebhaber der Reinen Evangelischen Religion,
„gnedigst bestellen zu lassen."..*) Ob diese Bitte die Wirkung hatte,
daß sie wenigstens auf Zeit einen gewissen Daniel Schindler zum
Pfarrer annehmen durften, ist nicht ganz verbürgt; **) so viel aber
wissen wir, daß sie sich bis 1650 bei der Augsburg'schen Confession,
obschon „kümmerlich," erhielten.

Platten war bisher mit weiteren Maßregeln nicht behelligt, auch
mit einem kathol. Priester verschont worden, aber die Sehnsucht nach
evangel. Predigt und die Kriegsdrangsale bewogen „Richter, Rath,
Bergamt, Knappschaft und ganze Gemein" am 6. Decbr. 1631 dem
Churfürsten Folgendes vorzustellen: „... Wiewohl D. Churf. Durchl.
„unseres einfeltiges gutachtens nach, mit wichtigen Reichsdeliberatio-
„nen occupirt, Wir mit unserer fernerer importantz gerne verschonet
„sehen, So sollen doch Deroselben Wir unterthänigst auß erheischenter
„notturfft die eigentliche Beschaffenheit dieser Bergstadt, und durch was
„mittel solche fast in das eußerste verderben, in bißher ohne daß gefehr=
„lichen Zeiten und leufften, komen und gerathen, zu verhalten nicht
„umbgehen, dadurch nicht allein unser aller Wohlfart, Sondern auch
„E. Ch. Durchl. interesse merklich versiret, dieweil Deroselben auß
„sonderbahren compactaten der halbe Zehenden und die ganze hohe
„wiltbahn alhier zustehet, Welches ansehnliches Regale vornehmlich
„daher in merkliches abnehmen gerathen, daß Wir der Augspurgischen
„ungeenderten Confession noch biß auf diese Stundt zugethan, zuvor=
„derst und vornehmlich unserer Evangelischen Prediger nun über 7 Jahr
„entrathen haben müssen, Haben zwar, dafür Wir Gott und Ihrer
„Ch. Durchl. nimmermehr genugsam dankbar sein können, Wohler=
„wehnter Ihr Ch. D. zweifache unsertwegen bereit vor etlich
„Jahren an Ihr Kayß. Mayt. abgegangene ansehnliche in-
„tercessionen biß auf diese Stund im werk fruchtbarlich genoßen,

---

*) Crul.=Acten Bch. III. Nr. 10332.

**) In einer Zuschrift an den Churf. vom 21. April 1649 sagen sie ausdrück=
lich, sie hätten einen kathol. Priester in die 20 Jahre dulden und ihren Got=
tesdienst im sächs. Wiesenthal suchen müssen (f. S. 17.).

„Daß wir mit harten Zwang der Religion halben nicht sein beleget,
„vielmehr mit einen Catholischen Prediger biß auf diese Stundt ver-
„schonet blieben, Doch haben wir zugleich unserer reinen Prediger be=
„raubet bleiben müßen. Langet unser höchstes und großes Bitten, D.
„Ch. Durchl. Wollen gnädigst diese unsere noth auß Christmildester
„condolentz erwegen und unsere Prediger und Seelsorger In ihre vo=
„rige Dienst und Seelensorg einzulaßen zu bewilligen gnädigst geruhen,
„Daneben Wie von erster fundation dieser Bergstadt ieberzeit beschehen,
„daß benannte unsere Prediger auß dem Joachimsthalischen Zehenden,
„Darzu E. Ch. D. ieberzeit vor diesen den halben Theil gesteuert ha-
„ben, wiederumb besoldet werden mögen. Denn durch daß mittel wer-
„den die bauenten gewercken, arbeiter und bergleut zu dem Bergwerck-
„bau wieder animirt, lustig und beherzt gemacht, Weil wir alhier
„auf diesen kalten rauhen gebürgen ganz keinen Feldbau haben, Son=
„dern daß Liebe Bergwerck unser einiger Pflug und Ernde ist." Daran
reihten sie die Bitte um „schriftliche Salvaquardi," damit Stadt und
Gemeine alten Privilegien gemäß „vor allerhand durchreißente Solda-
tesqua geruhig und unperturbiret gelaßen mögen werden und vornehmlich vor streiffente rottes sicher sein." Auch klagten sie, daß sie be=
schwert würden mit hoher Tranksteuer auf jedes Faß Bier und Wein,
„mit einem hohen Salz und andern ungelten auf iede wahr gerichtet,"
mit hohem Grenzzoll, allzuhohem Waldzinß für das zum Bergbau nöthige Holz, „indem uns auch bisher die vorhin bewilligten Freyhölzer
vornehmlich auf Kirch und Schul entzogen, und weil wir nicht catho-
lisch werden wollen, versaget worden" — und schloßen mit dem Ge=
suche um Befreiung von diesen Lasten. *) Diese Vorstellung und der
Sieg protestantischer Waffen (Joh. Georg zog am 10/20. Novbr. in
Prag ein) bewirkten, daß der Rath mit Bewilligung des Oberamtes
zu Joachimsthal bald darauf in der Person Johann Jahn's einen
lutherischen Pfarrer berief. Jahn, der Sohn des deutschen Schul= und
Rechenmeisters Esaias J. in Schneeberg, gebildet zu Magdeburg und
Wittenberg und vom Super. Leyser in Leipzig ordinirt, trat, wie er selbst
im Kirchenbuche angemerkt hat, **) am 25. Decbr. 1631 sein Amt an,

---

*) Crul = Acten Bch. III. No. 10332.

**) Mit den Worten: In nomine SS. et individuae Trinitatis ego *Johannes
Janus*, Pastor Plattensis legitime, imo perlegitime vocatus, confirmatus
... suscepi hanc provinciam legitimi et vere sancti muneris mei, et sic in
nomine Domini in vinea Domini laborare .. incepi 25. Decemb. styli novi
Ao. Chr. 1631, cum tuba Evangelii intercapedine septennii, quae siluerat,
resonabat in Bohemia et respirabat incipiebat a persecutione.

freilich um es schon nach wenigen Jahren wieder aufgeben zu müssen. Denn obgleich Johann Georg I. im 9. Art. des Prager Separat-friedens vom 30. Mai 1635 Güte gegen die Evangelischen ausbedun-gen hatte, so erging doch bereits am 13. Sonnt. n. Trin. desselben Jahres ein verschärftes Reformationsedict, in Folge dessen Jahn ge-nöthigt war, am 5. Septbr. die Kirchenschlüssel auf dem Rathhause niederzulegen und auszuwandern. *) In dieser Zeit erhielten Platten, Gottesgabe und Abertham an D. Leo Majesanus, gewesenem Guar-dian des Minoritenklosters St. Michael zu Kaaden, den ersten und seit 1638 an D. Jodocus Salge (Selgen), Domherrn zu Erfurt, der zugleich Pfarrer in Schlackenwerth war, den zweiten katholischen Pfar-rer; da indeß drei Orte von Einem kaum versorgt werden konnten, so wurden der evang. Schulmeister in Bärringen, Daniel Buttenbör-fer und später der Schulmeister in Platten Johann Richter beauf-tragt, an letzterem Orte die Taufen u. s. w. zu vollziehen. Inzwi-schen fand sich Joh. Jahn, der in Platten ein Haus besaß, daselbst im J. 1640 wieder ein **) und richtete sein Amt heimlich aus, so gut er konnte. Da sammelten sich die armen Evangelischen, oft erst bei Nacht, in Jahn's Wohnung oder in dem und jenem Bürgerhause, zuweilen auch in Abertham und Joachimsthal, um sich zu erbauen. Vor Allem aber zogen sie fleißig über die sächsische Grenze nach der Glashütte zu Jugel ***) und ließen sich da von ihrem Jahn eine Predigt thun und das heil. Abendmahl reichen. Nur sollte diese ohne-hin nur halbe Freude nicht allzulange währen. Denn als Ferdi-nand III., der überhaupt in Sachen der Religion „gewaltig hakel" war †), durch ein erneutes Edict vom 14. Jan. 1645 nicht nur secti-rerische Postillen und Predigtbücher und das Fleischessen an Fasttagen, sondern vornehmlich auch die Aufnahme evangelischer Prediger und das Auslaufen über die Grenze in evangelische Kirchen bei Strafe der Lan-desverweisung und Güterconfiscation verbot, ††) als in demselben Jahre

---

*) Er wendete sich mit seiner Gattin, der Wittwe Konrad Hütters (s. S. 12. N. **), zunächst nach Dresden und wurde 1637 Pfarrer in Kürbitz bei Plauen, wo er von durchziehenden kaiserl. Soldaten viel zu leiden hatte. Peschek II. 544.
**) Peschek II. 544. sagt: „auf hohe Vermittelung," aber s. d. Folg.
***) Erbaut 1571. Das Privilegium des Churf. August für Sebastian Preiß-ler ist d. d. 16. Novbr. 1571, später 1657. 60. erneuert für des Glasmei-sters Christoph Löbel's Erben und Wittwe.
†) Worte Kolowrat's an den Hauptmann zu Friedland d. d. 7. Febr. 1638 b. Peschek II. 293.
††) Crul.-Acten Bch. IV.

eine polemische Schrift erschien wider die „currenten und unberufenen Winkelprediger, die sich itzo an Orten, wo kein öffentlicher Lutheri= scher Gottesdienst ist, heimlich aufhalten," da riethen die Plattener selbst, Jahn möchte weichen. Er ging nun, zum zweiten Male exsul Christi, nach Jugel und von da nach Schneeberg, wo er am 5. Mai 1651, 47 Jahre alt, sein bewegtes Leben schloß. *)

c. Die Jahre 1650 fgg.

Der Abschluß des Westphälischen Friedens erweckte in den bedräng= ten Lutheranern Böhmens, namentlich auch in den Bergstädten an der Grenze, Hoffnungen, die leider unerfüllt bleiben sollten. Man ver= gaß, daß Ferdinand III. die Ausdehnung des Friedens auf seine Erblande hartnäckig verweigert hatte und gerade durch denselben Ruhe und Zeit zu durchgreifenden Bekehrungsmaßregeln gewann. **) Da= her die zahlreichen Bitten um Intercession, die an Johann Georg I. in jener Zeit gelangten. So schrieben „Richter und Rath sambt der ganzen Gemeinde zur Platten und zur Gottesgab" an den Churfürsten unterm 4/14. Decbr. 1648: Da jetzt in allen Landen der osnabrücki= sche Friedensschluß abgekündigt werde, in demselben zwar des König= reichs Böhmen „specialiter nicht meldung geschieht, Gleichwohl aber, „weiln der A. 1552, also auch 55 vnbt 56 Paßauische vertragt Crafft „dieses schlußes in seinem Esse verbleibet, welcher ohn einiges pro et „contra die Böhmen vnbt Vnß auch angangen, Auch A. 1624 den „1. Januarii das Ministerium unter andern auch in denen hiesigen „zweien Bergkstädtlein Platten vnbt Gottesgabe mitt Augspurgischer „Confessionis Verwanden Ministris bestellt gewesen, Sintemalen den „6/17. Julii deß bemelten 1624. Jahrs durch einen von Ihr fürstl. „Gn., von Lichtenstein, alß damals gevolmächtigten Stadthalter zue „Praag, an das Joachimsthalische Ober Ambt ergangenen befehlich die „Inhibition Exercitii Religionis allererst hernach geschehen," deßhalb werde, was dem gesammten Reiche gilt, auch Böhmen, besonders aber

---

*) Ueber seine Schriften, unter welchen der „Sternhimmel," eine biblische Con= cordanz, befannt ist, s. Engelschall S. 9. Sein Sohn, M. Joh. Jahn, und sein Enkel, M. Joh. Daniel Jahn, waren nachmals Pfarrer zu Aue.

**) I. P. O. Art. V. §. 41.: „Cum de majore Religionis libertate et exerci- tio in supra dictis et reliquis Caes. Maj. et Domus Austriacae regnis et provinciis concedendo in praesenti Tractatu varie actum sit, nec tamen ob Caes. Plenipotentiariorum contradictiones convenire potuerit: Reg. Maj. Sueciae et Aug. Conf. Ordines facultatem sibi reservant, eo nomine in pro- ximis Comitiis aut alias apud Suam Caes. Maj. — ulterius respective amice interveniendi et demisse intercedendi."

den Bergstädten wegen ihrer Beziehungen zu dem churfürstl. Hause gel-
ten; sie bäten demnach: „Ihr Ch. D... als Ein Hochchristlöbliches
„Augspurgischer Confession verwandtes fürnehmes Reichsgliedt vndt
„Reichßplenipotentiarius in hoc passu wollen .. im Fall wider alles
„Verhoffen ia das Königreich Böhmen nothleiden solte, mitt Dero
„Hochansehnlicher Churf. intercession vff nächsten Reichstag vnß armen
„Leuten so weit Gnädigst zu statten kommen, Das aus obangeführ-
„ten Vhrsachen, So wohl auch das Wier bey vnßer Religion, Gott
„lob, biß dato noch vngeendert verharren, Vnßere nun viel Jahre
„Hero mitt schmerzen benommenen Evangelischen Seelen Hürten, Ne-
„ben den lieben Gottes Häußern, zum öffentlichen Exercitio Vns hin-
„wieder mögen vergönnt vndt zugelassen werden, Danebenst erkennen
„Wier Vns schuldigst bey Vnßer AllerGnädigsten Kayß. vndt Königl.
„Obrigkeit in vnterthänigster devotion gehorsamst zu verharren Vnß
„durch beigefügte allerunterthänigste supplication hiermit öffendtlich ma-
„nifestirende...“ — Aehnlichen Inhaltes war ein Gesuch, das „Bürgermeister, Richter, Rath, Knapschaft, Viertelmeister, Bergkleut und
Inwohner sambt der ganzen Gemeinde in St. Joachimsthal“ am 21.
April 1649 an Johann Georg I. richteten. Neben dem Danke für
des Churfürsten Eifer zu Herstellung des Religionsfriedens und freier
Religionsübung äußerten sie sich dahin: sie hätten sich bei der Augsb.
Confession „über öfters höchst angelegten Zwangk... nunmehr in
die 25 Jahr biß auf diese Stundt, Gott sei Dank, kümmerlich noch
erhalten,“ ungeachtet sie ihrer selbsterbauten Kirche beraubt, in die 20
Jahre einen katholischen Priester hier dulden und ihren Gottesdienst im
sächsischen Wiesenthal, eine Meile weit, suchen müssen; sie hofften,
auch ihnen werde nun das in 105 Jahre genossene freie Exercitium
wieder verliehen werden, zumal da, wie sie gehört, der Churfürst
von Sachsen „von Ihr Kayß. Mayt. und des H. Röm. Reichs Gesandten und Ständen zu einem Directori der wiederumb freygelassenen
Evangelischen Religion, über dergl. Oertter und Länder, wie auch was
noch mit denen Erbländern unverglichen verblieben, höchstlöblich verordnet worden sei“...; daher bäten sie den Churfürsten, der den
halben Zehnten von ihnen beziehe, um Freigebung des vorigen Exercitii und Einräumung ihrer Kirche, weil 1) diese Kirche ohne alle
fremde Hilfe lediglich von Joachimsthaler Bergleuten und Gewerken
Ao. 1533 erbaut, 2) das ius patronatus seit Anfang der Stadt bis
1624 vom Rathe geübt, 3) die evangel. Kirche und der Pfarrer ihnen
bis zum 16. Aug. 1624 gelassen worden sei, und 4) in Joachimsthal 2000 Evangelische (darunter alle Berg-, Raths- und Schul-

beamtete), dagegen nur 20 eingewanderte Katholische mit einem Prie=
ster wohnten. *)

Vorerwähnte beide Schreiben überreichte „der Obrist Leutnandt unbt
Haubtmann der Aembter Schwartzenbergk, Grünhain unbt Stollbergk,
Veit Die_trich Wagner,“ den wir „als liebreichen Erbarmer ar=.
mer Erulanten“ balb werden näher kennen lernen, dem Churfürsten
persönlich unb erhielt unterm 15. Aug. 1649 für die drei Bergstäbte
loco recógnitionis den Bescheid: „Dieweil vermöge des neulichst publi=
cirten Münster= unb Osnabrück'schen Friedensschlusses dergleichen Sa=
chen zu dem nächstkünftigen Reichstag gehörig unb auf demselben am
füglichsten unb verhoffenblichsten mit mehrerm Nachbruck als animo vor=
genommen werden können, Als werden sich supplicanten biß dahin zu
gebulden unb sobann ferner anzumelden wissen.“ **) Da indeß dieser
Bescheid doch nicht tröstlich genug schien, so fühlte sich das Ob er=
Consistorium auf Ansuchen der Bergstäbte gebrungen, unter Be=
zugnahme auf die Bittschreiben vom 4. Dec. 1648 unb 21. April 1649
bem Churfürsten im October 1649 folgende Vorstellung zu übergeben:
„... Dieweil nun aber die gutten Leuthe, so bißanhero unter der
„schweren verfolgungslast durch Göttliche Gnade bestendig verblieben,
„also daß in Joachimsthal nicht über zwanzig Papisten groß unb klein,
„welche doch alle von frembden erst dahingezogen, in den andern bee=
„den Bergkstättlein aber keiner, so des Antichrists Kennzeichen angenom=
„men oder das Thier der Lästerung angebetet, soll gefunden werden
„unb Sie umb Ihr vnd der lieben ihrigen Seelen, so mit Jesu Christi
„Blut theuer erkauft sein, hochbekümmert, nicht wissen, wann etwa
„ein Reichstag zu gewartten, maßen die sachen, so dahin verspart,
„anitzo in Nürmbergk guten theils expedirt vnb in vnd umb Eger
„denen Augspurgischen Confessionsverwardten, wie die Joachimstha=
„ler berichten, unterschiedliche Kirchen eingereumbt werden sollen, unb
„dahero bey andern plötzliche einführung Papistischer Baalsdiener, auch
„wohl, welches Gott in Gnaden abwende, viel größere vnb grimmi=
„gere verfolgung zu befahren: Alß haben E. Ch. D. Bürgermeister,
„Rath, Richter, Knappschaft, Bergkleutte vnb Inwohner gebachter
„dreyer Stätte unterthenigst mit beigefügten supplicationibus unter
„den Buchstaben A: B: nebenst einen Außzug unter dem Buchstaben

---

*) Intercessiones an die Röm. Kays. Maj. vor die Bergkstädte Joachimsthal,
   Platten, Gottesgab in puncto religionis 1649 — 52. (HStA. No. 7221.)
   Bl. 14. 18.

**) Acta No. 7221. Bl. 1.

„C: *), da Kayſ. Maj. ſelbſt allergnedigſt Sich erkundiget, ob es mit
„Joachimsthal ihrem fürbringen nach eine ſolche gelegenheit, daß die
„Evangeliſche ihnen die Kirchen erbauet, anlauffen, demütigſt und
„höchſtflehentlich bitten wollen, E. Ch. D. wolten gnedigſt geruhen,
„bey Kayſ. Maj. für Sie zu intercediren, damit Sie die freye Uebung
„der Religion, ſo Sie vom erſten anfang an über vnd theils biß in
„hundert iahr geruhiglich biß auf die ietzige verfolgung beſeßen, wie=
„der erlangen möchten, in erwegung, daß

(1.) E. Ch. D. höchſtſeelige Vorfahren glorwürdigſt von 1532.
„35. 36. vnd folgenten iahren die in Joachimsthal eincorporirte Bergk=
„ſtättlein Platten vnd Gottesgabe von erſten grund auß, nebenſt der
„Kirchen und Pfarrhäuſer bauen laßen, halbe Pfarrbeſoldung von ih=
„rem eignen geordnet, Glocken, Hoſpital vnd Rathhauß, nebenſt etli=
„chen 1000 fl. verehrt: die Joachimsthaler ihre Kirchen ohne beyſteuer
„der frembden ſelbſten erbauet, daß

(2.) Ihnen das öffentlich Predigambt erſt im Sommer des 1624.
„iahrs vnd alſo nicht mit andern Böhmiſchen Stätten, ſondern erſt
„nach dem im Oßnabruggiſchen Frieden geſetzten termino verbotten wor=
„den, Dahero verhoffen Sie deß Oßnabruggiſchen Friedens und deß
„Paßauiſchen vertrags, der in dieſem Friedensſchluß auffs neu beſtet=
„tiget, zu genießen, daß

(3.) E. Ch. D. zu Platten und Gottesgabe mit Kayſ. Maj.
„gleiche intraden nebſt der hohen Wildbahn biß auf dieſen Tag genie=
„ßen theten, Vnd ob gleich

(4.) E. Ch. D. ümb deß lieben Friedens willen geſchehen laßen,
„daß dieſe zwey Bergkſtättlein Platten und Gottesgab in das Königl.
„Oberambt Joachimsthal beſage der auffgerichten Erbvereinigung vnd
„Archiven a. 1552 einverleibet worden, ſo hette doch ſolches ihnen
„wie zuvor: Alſo auch hernach an ihrem freyen exercitio religionis
„nichts geſchadet, Wie denn bey ihnen und auch bey den Joachims=
„thalern nie keine andere Religionsübung, Alß die vngeenderte Augſpur=
„giſche Confession in vollem und öffentlichen gegangen, biß nunmehro
„für zwanzig iahren den Joachimsthalern ein Papiſtiſcher Clamant ein=
„geſetzet worden:

„Dieweil nun, Gnedigſter Churfürſt und Herr, dieſes wichtige
„Vhrſachen ſein, die nicht zeitliche Ehr, gut und gelbt, ſondern die
„ewige Seeligkeit und das ſchreckliche ewige verdamniß antreffen, ümb
„welcher willen E. Ch. D. dahin mit Fleiß zu ſehen, auff daß dieſen

*) S. oben S. 9. Note ***.

„Leuthen ihre Seelen Freyheit nicht gesperret, noch die ehr Jesu Christi,
„so derselben hochseelige vorfahren Christmilbester gebächtnis in dieser
„wildnis zu lobe Gottes zum allerersten gepflanzet, verlesen möchte,
„Weil in auch E. Ch. D. einen Antichristlichen Baalspfaffen mit ihrer
„eignen Besoldung mit Gott vnd gutem gewißen nicht werden können
„vnterhalten, vnd es über das Christlich nach dem ernsten befehl Got-
„tes das seinige gerne ümb des feindes Esel willen, so da unter sei=
„ner last lieget, zu versceumen vnd ihn auffhelffen: Wie viel Christli-
„cher vnd hochrühmlicher wird es sein nach den blutigen threnen Jesu
„Christi in solcher hochbekümmerten Hellenpein der Gewißen sich ümb=
„sehen, der angst der Seelen, so vns flehen vnd deß schaden Josephs
„sich hertzlich annehmen, damit nicht Gott erzörnet, die Meßschnur
„Samaria weiter fortziehe vnd kein gedeyen vnd segen sein, noch guten
„Rath fortgehen lasse, Alß haben bey E. Ch. D. ein vnterthenigste
„intercession einzulegen wir Vns auff beschehenes sehnliches bitten un=
„terwunden vnd bitten vnd flehen demütigst E. Ch. D. wolle gnedigst
„die ehre Jesu Christi vnd die warheit deß Evangelii zu retten geruhen,
„den petitis der Supplicanten zu deferiren vnd bey Kayf. Maj. be=
„weglich für sie zu interceediren. Gewiß E. Ch. D. werden hierdurch
„viel Taufend Seelen aus dem rachen der Hellen mit Ihrem unsterb=
„lichen Ruhm erlösen, Jesu Christi Reich herrlich befördern, Vnd Er
„der getreue Heyland wird es sehen, E. Ch. D. hier zeitlich bevoraus
„an dem jüngsten tage mit ewiger Freude vnd ehre solches wol be=
„lohnen vnd Sie nebenst Deroselben Hertzgeliebter Gemahlin vnd gan=
„zem Churfürstl. Hause den Hochgesegneten seines Himmlischen vaters
„sein vnd bleiben laßen…“ *)

Noch in demselben Monate wendeten sich Platten und Gottesgabe,
durch Gerüchte über den zu Nürnberg geschlossenen Receß veranlaßt,
mit der Bitte an Johann Georg, noch vor dem Reichstage für
sie zu intercediren. In dem bezüglichen Schreiben d. d. Platten, 11/21.
Octbr. 1649 bezeigen sie sich zunächst „demütigst dancfbahr“ für den
Bescheid vom 15. Aug. und vertrauen, der Churfürst werde auf dem
Reichstage sich ihrer „alß Dero mitt Zehendt intraden vndt andern
Regalien Verwandten Gnädigst annehmen.“ Dann heißt es weiter:
„Weiln aber die gewißheit dieses angestalten Reichstags vnß verborgen,

---

*) Die Vorstellung ist gezeichnet: Friedrich Metzsch; Aegidius Strauch, Dr.;
Jacobus Weller, D.; [?Friedrich Küntzel, D.]; Johann Ludwig Köp-
pel, D. Datirt ist dieselbe: Dreßden, den . . Octobris Ao. 1649. (der
Tag ist weggelassen). Acta No. 7221. Bl. 10.

„Gleichwohl vermöge einkommenden Berichts vnterschiedtliche orthe im
„Reich noch vor dem Reichßtagk mitt ihren begehrten Augspurgischen
„Confessions Verwandten Ministris albereit offs neue wiederumb resti-
„tuiret vnbt hierburch viel Tausenbt Seelen erfreuet worden, Alßo auch
„Vnßer Hertzsehnliches Verlangen vermehret wirbt, Alß hat sich vnßere
„Seelenfreude lenger nicht enthalten können ... besto Zeitlichet vor be=
„melten Reichßtagk noch Ihr Ch. D. burch vnßere abgeordtente ferner=
„weit gehorsambst auffzuwartten, Demütigst vnbt Höchstflehenbtlichst
„bittenbe, Ob Ihr Ch. D. Gnädigst belieben wolte, solches vnßer
„sehnliches Verlangen burch einen hier zur bequemen Zeit abgehenten
„Currir bey Ihr Kaypf. vnbt Königl. Maytt. per intercessionem Gnä=
„bigst zu beschleinigen, bamitt eß noch vor bem Reichßtag seinen ge=
„wünschten effect erlangen möge. Wie nun Ihr Ch. D. alß ein
„Christlöblichst fürnehmes Reichßgliebt hierburch Gottes Ehr vnbt wort,
„ia viel Tausenbt Seelen zu bero Hertzsehnlichen Verlangen beförbern,
„Alßo wollen Wier vnbt Vnßere Nachkommen solches vor aller Welt
„vnbt bermahleines vor Gottes Angesicht vnbt allen außerwehlten zu
„rühmen wißen ...." Ein kürzeres Schreiben ganz besselben Inhaltes
ließ Joachimsthal am 27. Oct. 1649 abgehen, beibe Gesuche aber
bevorwortete Veit Dietrich Wagner in einer Eingabe an den Churfürsten, die hier Platz finden möge. W. schreibt d. d. Sachßenfelb,
17. Oct. 1649: „... E. Ch. D. geruhen gnebigst, Sich erinnern
„zu laßen, wie Deroselbten bey meiner jüngsten unterthenigsten Bffwart-
„tung, berer breyer Kayserlichen Freyen BergkStäbten Joachimsthal,
„Platten und Gottesgabe unterthenigste memorialia unb supplicationes
„bas freye exercitium religionis belangenbe, Ich gehorsambst überrei-
„chet, Worauf auch E. Ch. D. Sich gnebigst ercläret, an die Röm.
„Kaypf. Maj. wegen ißtgebachter breyen BergkStäbte intercessiones ab-
„gehen zu laffen, Vnb gar wohl zu erhalten, baß allergnebigste reso-
„lution und begnabigung erfolgen möge, maßen E. Ch. D. aus Dero
„Geheimen Cammer= und Reichs=Canzlei ꝛc. benen BergkStäbten zum
„trost, unb eßlicher maßen gewißen Versicherung, gnebigste attestatio-
„nes Mir ausantworkten laßen, Wie hoch nun die armen Einwohner
„berer BergkStäbte, sambb unb sonders, alß Ich Ihnen solche Zu-
„gefertiget, barüber erfreuet worden, kan E. Ch. D. Ich fast nicht
„genugsamb mit wortten eröffnen. Dieweil aber, Gnebigster Churfürst
„unb Herr, Sie in erfahrung bracht, baß vermöge bes jüngst zu
„Nürnbergk geschloßenen und ratificirten Recesses, die re-
„stitution der Kirchen unb einseßung der Priester, noch vor den Reichs=
„tag, in bem Reich unb an benen confinien, an vielen orthen mit

„vieler Tausend Menschen Freude beschehen, Vnd also das desiderium
„und verlangen dießfalls bey Ihnen sich desto mehr vermehrete, wah=
„ren Sie gesonnen, E. Ch. D. mit einer nochmaligen unterthenigsten
„supplication anzulangen und bey Deroselben ꝛc. wehemütigst zu bit=
„ten, bey Allerhöchstermelt Ihrer Kayf. Maytt. aus Churfürstl. hoher
„Milde und Gnade vor Sie zu intercediren, Damit Ihnen auch noch
„vor dem Reichstage das öffentliche Religionis exercitium, wie Sie es
„den 1. Januarii Anno 1624 annoch gehabt, in allen Gnaden ver=
„stattet und Zugelaßen werden möchte, Vnd Mich dannenhero, weiln
„E. Ch. D. Ich ehermals Ihre unterthenigste supplicationes gehor=
„sambst überreichet, vor Sie nochmals ein unterthenigst Bittschreiben
„abzugeben angesuchet, Gelanget derowegen an E. Ch. D. mein ge=
„horsambstes bitten, Dieselbe wolle gnedigst geruhen, solches in vngna=
„den nicht zu vermercken, vnd nach Churfürstl. hoch Vermögenheit,
„iedoch ohn alle unterthenigste maasgebung, an die Röm. Kayf. Maytt.
„mit einer vielgültigen intercession bey itzo passirenden Courirern, die=
„sen armen BergStädten, zu beförderung Ihrer Seelen Heyl und
„Seeligkeit gnedigst zu Statten kommen, Das werden ꝛc. ....“ *)

Auf Grund dieser Gesuche nun richtete Johann Georg I. am
29. Oct. 1649 ein Intercessionsschreiben an den Kaiser, in welchem
er unter rühmender Erwähnung der in dergleichen Fällen mehrmals
ihm bewiesenen kaiserlichen Huld **) und des bisherigen treuen Verhal=
tens der drei Bergstädte bat, dieselben als ihm nächstgelegene Oerter
„mit dem freyen Religions exercitio Augspurgischer Confession sambt
einräumung ihrer Kirchen mit ehisten hinwieder zu begnaden.“ (Beil. I.)
Dies Schreiben nebst mehreren Beifugen ließen Platten und Gottes=
gabe durch zwei Abgeordnete ihrem Agenten Jonas Schrumpp
(Schrimpff) in Wien zu Wahrung und Förderung ihrer kirchlichen In=
teressen übergeben; mit welchem Erfolge, das ersieht man am Besten
aus des Agenten Berichte „an Richter und Rath zur Platten“ d. d.
27/17. Jan. 1650. ***) Schrumpp schreibt: er habe die Zuschrift
beider Städte d. d. Platten 22. Nov. ai. praet. durch Ueberbringer
dieser Antwort, ihre Mitbürger und Abgeordnete, nebst beiliegend ge=
wesenem Churf. intercessionsschreiben, und Ihr beigeschlossenes Sup=
pliciren an den Kaiser und deren Kopieen, wie auch besondere Recom-

---

*) Acta No. 7221. Bl. 4. 6. 8.
**) Näml. bei Intercessionen für Einzelne um Auslieferung ihres Erbgutes, um
  Pässe zu Reisen nach Böhmen ꝛc. Vergl. die Crul.=Acten.
***) Acta No. 7221. Bl. 30.

mandationsbriefe von dem Geh. Kammer-Secretär Burkhardt Berlichio unbt Alexander Daetzler „meinen guten Freundt" am 29/19. Decbr. 1649 erhalten . . Er selbst (Schrumpp) hätte „alß Dero glaubensgenohß" nichts höheres gewünscht, als daß durch seine geringfügige cooperation am Kaiserhofe es geschehe, daß alle intercessionen unbt supplicationen den gewünschten, seelenheilbringenden Erfolg haben möchten, unb die Abgeordneten mit erfreulicher Resolution zurückkehren könnten. Die Intercession unb Suppliken seien dem Kaiser durch seinen Ober-Kämmerer Grafen von Buchheimb Etc. zu eignen Händen übergeben, vom Hofe dem Grafen v. Martinitz Etc., Canzler des Königreichs Böhmen, unb von da ferner dem Secretär Holdorff (Hollborff) zugeschickt worden. Die Abgeordneten der Bergstädte hätten es an Aufwartungen unb fleißigem Sollicitiren nicht fehlen, auch ein schriftliches Memorial an den Grafen v. Martinitz ergehen lassen; trotzdem sei wider Verhoffen diesmal keine schriftliche resolution erfolgt, sondern dem Hrn. Holdorff anbefohlen worden, nur einen münblichen Bescheid zu geben; welcher Gestalt nun derselbe laute, würden die Petenten aus der Abgeordneten Munde bei deren hoffentlich glücklicher Rückkehr selbst vornehmen. *) Er (Schrumpp) habe davon bereits Nachricht gen Dresben gegeben, unb scheine ihm das Rathsamste, daß die Abgeordneten nicht länger mit großen Unkosten hier in Wien lägen unb warteten, sondern gleich zurückgingen. „Vnb (fährt er fort) ob „nun zwar vermelter beschaidt, ohne Zweifel, aus allerhant Vhrsa„chen, vermuthlich auch wegen wiberwertiger zugleich mit einkommen„ten Relationen aus Eger, wegen der daselbsten zwischen denen Evan„gelischen vnbt Catholischen am heyl. weihnachtfest vorgegangenen Miß„helligkeiten, davon mir mehrgedachter Hr. Holdorff etwas erzehlet, „gar schlecht gefallen, so muß man doch daß beste hoffen," besonders im Hinblick auf den nächsten Reichstag, auf welchen der Churfürst selbst unterm 15. Aug. 1649 vertröstet habe; „der Allerhöchste kan „entzwischen der großen Herren vnbt Dero Hohen Ministren Hertzen „Regieren, das selbige alles, was zu seines Heiligen Göttlichen Nah„mens Ehre dienet, thuen müßen . . ."

Je trostloser dies Ergebniß ihrer Sendung nach Wien war, desto inständiger ersuchten Platten unb Gottesgabe am 12/22. Febr. 1650 unb Joachimsthal am 28. deff. Mon. den Amtshauptmann Wagner unter Beischluß der Schrimpff'schen Relation, ihnen in ihrem Elende „mit Dero Hochverständigen Rathe fernerweit großgünstig beistänbig zu

---

*) Siehe S. 24.

fein, wie vnbt vff was maß dieses wergk hinführo anzustellen vnbt
ihnen geholffen werden möchte," wie sich W. ja bisher jederzeit als
ein „tröstlicher Cavallier" gegen sie - erwiesen. *) Ebenso klagten die
erstgenannten beiden Bergstädte ihre Noth „Herrn Burgkhardo Berli-
chen, Churf. Durchl. zu Sachßen hochverordtneten gehäumbten Cammer = vnbt Reichs = Secretario zu Dreßden." Sie schrieben d. d. Platten. 3/17. Martii 1650: „... gegen Euer Edel Ehrenv. vor Vnß
großgönstig geleistete beförderung, wegen der iüngsthin an die Röm.
Kayß. Mayt. Vnßern Allergnädigsten Herrn vor diese zwei Bergkstädtlein Platten vnbt Gotteßgabe außgewürgkten Hochbeweglichen Churf.
Sächß. Intercession, das Exercitium Religionis betr., Wier vnß nach
erforderung vnßer schuldigkeit in demuth zu bedancken nicht umbgang
haben, Hertzlich wünschende, Gott der Allmächtige wolle Euer Edel
Ehrenv. 2c. ...." Anlangend „die Verrichtung deßwegen vnbt was sich
in zwischen begeben," werde B. das Nöthige aus dem anliegenden
Berichte Schrimp's ersehen; sie hätten durch den kaif. Sekretär
Hollborff den Bescheid erhalten, „daß Wier vnß hinfüro
bergl. Suppliciren enthalten folten;" das sei ein schlechter Trost,
zumal da jetzt in Böhmen, besonders in den angrenzenden Bergorten
aufs Neue stark mit der Reformation procedirt werde; sie wären deshalb gesonnen, sich nochmals an den Churfürsten zu wenden. Da
nun „dieses Gottes Ehr vnbt vieler Menschen Seligkeit betreffendes
„Wergk bey Ihr Ch. D. zu befördern Euer Edlen Ehrenv. unter an-
„dern nicht das geringste [d. i. sehr viel] thun kann, wie Wier denn
„deßen gute Hülffe iüngst hin gnugsamb verspüret, Alß haben Wier
„vnß nochmahls erkühnet, E. E. noch einsten hiermitt zu molestiren,
„unterdießlich bittende, dieselbe geruhe großgönstig mit dero Hochversten-
„digen Rath vnbt That vnßern abgeordtenten zur statten zu kommen,
„Vnbt so viel nur immer möglichen vns armen Leuten mitt Dero
„Hochansehnlicher promotion in dießer vnßer gewißensangst nicht zu
„laßen ..." Das in Vorstehendem erwähnte nochmalige Gesuch an
den Churfürsten ist von demselben Datum und berichtet meist wörtlich
Dasselbe, schließt aber mit den trefflichen Worten: „Vnd wofern nun
„Gott der Allmächtige bey diesem seinem wort vnd Ehr angehörigen
„Hochwichtigen wergk, vermittelst E. Ch. D. fernerweit Hochansehnli-
„cher intercession (: Wozu Wier nechst Gott nochmahls Vnßer einig

---

*) Acta cit. Bl. 32 fg. In dem Schreiben der Joachimsthaler wird bemerkt,
daß der Oberst Kämmerer v. Buchheim „sich die Sach Ihrer Kayf. Mayt.
fleißig vorzutragen vnbt zu überantworten erbotten."

„vnbt ſtarkes Vertrauen ſetzen:) nicht das beſte thuen wirbt, Wier
„Vnns allgemach nach Gottes Vetterlichen willen vnbt wohlgefallen
„vnter ſeine Exulirente Creutzlaſt billig vnbt willig, bequemen vnbt
„accomodiren mögen, Doch wollen Wier immittelſt an beß Allgewal-
„tigen Gottes machthülfe noch nicht zweifeln, Haben bahero E. Ch.
„D. nochmahls hierinnen zu imploriren, vns erkühnet, Demütigſt
„bittenbe, ſolchen vnßern vnabläßigen vnnbt vnhofflichen anhalten Gnä-
„bigſt zu verzeihen, vnnbt in Gnäbigſten erwegen Vnßerer gewißens-
„angſt, mitt Dero Churfürſtl. Gnäbigſter Hülffe vnbt Rath in hoc paſsu
„vnß armen, nach ber Heilſamen Seelenſpeiſe hungerigen vnnbt faſt er-
„matteten Seelen aus Churfürſtl. angeborner Chriſtlicher Condolentz
„fernerweit Gnäbigſt zu Statten kommen, Geſtalt bann von der Er-
„ſten fundation bieſer beeben Bergkſtäbtlein Hero, bieſelben burch ben
„Höchſt löblichſt praeſervirenten Rautenkranz noch ſtetigs bey bem rei-
„nen, allein ſeligmachenten Wort Gottes conſerviret worden. Wie
„nun ſolches zwar vns lechzenten Seelen zue Vnßern ewigen Heil ge-
„reichet, alß werben hierburch Ihr Ch. D. nicht allein ein hier zeit-
„lich Sonbern auch bort Ewig, vnſterblich vnbt hellglänzenbt lob er-
„langen...“ *) Dieſen neuen Hilferuf unterſtützte ber liebreiche Wagner burch ein Schreiben an den Churfürſten d. d. Sachßenfelbt, 10.
März 1650. Darin heißt es: bie Abgeorbneten ber brei Städte hätten ſich in Wien an den Grafen v. Buchheim gewenbet unb anfangs
Vertröſtung günſtiger Reſolution erhalten, enblich aber ſeien ſie nach
langem unb vielem Anhalten burch ben Secretär Holbörffer „mit
„gar ſchlechter münblicher Beantworttung wieberumb abgefertigt wor-
„ben... über welche, wie hoch bie armen bebrengten Leuthe beſtürzt
„unb betrübt gemacht, Kann E. Ch. D. Ich faſt mit wortten nicht
„genugſam exprimiren, ſo auch anitzo noch größer vermehret, baß Ih-
„nen aus ber Königlichen Böhmiſchen Kammer zu Prag entweber bie
„Römiſche Catholiſche Religion anzunehmen, ober aber innerhalb 14
„Tagen mit verlaſſung bes Ihrigen in bas exſilium zu weichen, Pa-
„tenta inſinuiret;“ beshalb nähmen ſie in ihrer Noth nochmals ihre
Zuflucht zum Churfürſten unb hätten ihn (W.) nochmals um ſein Fürwort gebeten, welches er „benen armen bebrengten Supplicanten auß
Nachbarlicher affection nicht wohl verweigern mögen...“ **)

Johann Georg I., in richtiger Ahnung beſſen, was nach
ſolchen Nachrichten bevorſtanb, verorbnete bereits unter bem 14. März

---

*) Act. cit. Bl. 24. 29.
**) Act. cit. Bl. 21.

1650 an Veit Dietrich Wagner, daß die „armen Leute, wenn sie
„sonst ehrlich und bloß umb der Religion, nicht aber etwa anderer
„verwürckung willen (worauff denn sonderlich und mit Fleiß acht zu
„haben seyn will) ausgewichen … eingenommen und ihnen wesentliche
„Wohnung verstattet werde, Jedoch daß sie nicht allzu nahe an
„der Grenße sich setzen, sondern etwas weiter herein ins Land
„wenden, auch nicht allzuviel an einem ort beysammen verbleiben, und
„sich im übrigen der schuldigen gebür bezeigen. Und begehren hiermit
„gnedigst, Ihr wollet dessen sowohl diese alß andere dergleichen Exu-
„lanten auf ihr Ansuchen bescheiden, auch der Aufnehmung halber bey
„euren Amtsbefohlenen, wo es nöthig, gebürende Verordnung thun."*)
Gleichwohl versuchte er noch den Kaiser durch ein neues Intercessions=
schreiben vom 21. März 1650 milder zu stimmen und hob namentlich
den Nachtheil hervor, welchen die zu befürchtende Auswanderung des
Bergvolkes den kaiserlichen Intraden bringen würde (Beil. II.). Al=
lein Ferdinand's Entschluß stand unabänderlich fest; das Jahr 1650
sollte die Bergstädte überzeugen, daß sie von Wien aus Nichts mehr
zu hoffen hatten. Ein statthalterisches Reformationspatent d. d. Prag
4. Febr. 1650, durch welches das kaiserliche Patent von 1639 er=
neuert ward, war von dem Kreishauptmanne zu Elbogen Georg
Fabian Multz von Walbau den Obrigkeiten seines Bezirks be=
reits unter dem 18. Febr. mitgetheilt worden **), und wie ernstlich
es damit gemeint sei, bewies nachmals die kaiserl. Verordnung an die
Statthalter zu Prag d. d. Wien 21. Juni 1650. Diese verlangte
1) Verzeichnisse der unkatholischen Einwohner des platten Landes nach
Alter, Stand, Condition nebst Gutachten darüber, ob Hoffnung zur
Bekehrung da sei oder nicht; 2) Festhalten an den kaiserl. Reforma=
tionspatenten und Berichtserstattung der Obrigkeiten von drei zu drei
Monaten über vorgehende Bekehrungen; 3) die Obrigkeiten, bei denen
„kein genugsamer Fleiß in conversione der Unkatholischen zu spüren,"
seien ernstlich zu vermahnen und wo nöthig Bericht zu erstatten. ***)
Die Wirkung solches Ernstes sollte zunächst Joachimsthal
fühlen. Im Frühjahre 1650 nahmen die „Lacronischen" Dragoner und

---

*) Exul.=Acten Bch. V. — Ganz dasselbe wurde an den Landvoigt zu Bubi-
sin verordnet. Peschek II. 467.

**) Vergl. Wagner's Brief v. 10. März 1650 (oben S. 25.).

***) Exul.=Acten Bch. V. — Zu obiger Verordnung kamen dann später die
harten Edicte vom 4. Jan. und 7. März 1651, die den Lutheranern verboten,
Taufzeugen zu sein und ihre Kinder zur Taufe zu bringen. Peschek II. 356.

dann 50 Mann Musketiere die Stadt in Beschlag, um das Bekeh=
rungswerk zu Ende zu bringen, was freilich nur die Folge hatte,
daß die Einwohner in Masse nach Neustadt=Wiesenthal entwichen. Ue=
ber diese Vorgänge gibt die Intercession Aufschluß, welche die damals
zu Nürnberg versammelten Reichs= und Landstände am 10. Juni 1650
an den Kaiser richteten. Darin heißt es: „E. Kayß. Mayt. bestellter
„Hauptmann des Elnbogischen Kreyses Georg Fabian Multz von
„Waldau hat den Böhmischen Bergkstädten, vnd vnter andern auch
„Joachimbsthal der Königlichen Statthalter zu Prag wegen Annehmung
„der katholischen Religion ausgefertigte scharffe Patent vnd Befehl in=
„sinuiren vnd publiciren lasen, zu dessen Execution hernach etliche
„Compagnien Tragoner nach dem Joachimbsthal commendiret vnd da=
„mit verursachet worden, das alle Einwohner, Gewercken, Bergk
„vnd Handwerckßleut mit weib vnd kinder etlich taußend starck hinweg
„gezogen und alsobann Joachimbsthal oed vnd wüste stehen, auch bis
„dato das weit beruffene altte Bergkwerck zu E. Kayß. Mayt. selbst
„eignen großen schaden ungebauet blieben, Allermaßen nur gedachtes
„der Königl. Statthalter Patent dermaßen gescherfft . . ."; sie vertrauen,
der Kaiser werde solche Anordnung mild kaiserlich abthun und die evang.
Unterthanen in seinen Erblanden sich empfohlen sein lassen, wogegen
diese sich als „Christliche, redliche Vnterthanen gebührend, gehorsam
„vnd freundlich erzeigen werden, wie denn absonderlich die Joachimbs=
„thaler niemals anders als in bestendiger Trew vnd Gehorsam erfun=
„den sein, sie sind auch nochmals des beharrlichen schuldigen Vorsa=
„tzes, E. K. Mayt. mit Ehr, Leib, gut vnd blut getrew zu verblei=
„ben vnd wolten herzlich gerne wieder einstellen, den verlaßenen Joa=
„chimsthal beziehen vnd in den bergkwergbau wie zuvor fortfahren,
„wenn sie nur ihr gewißensfreiheit erhalten vnd ihnen ihre Schul und
„kirchen wie auch das Exercitium Augspurgischer Confession ohne ein=
„tragk gelaßen werden möchten, dabei diese sonderliche bedencken mit
„einlauffen . . ." [s. oben S. 19. Punct 1 — 4. im Schreiben des
Oberconsistoriums]; auch sei von dem Erzbischof zu Prag oder andern
kathol. Geistlichen kein Recht auf Kirche und Pfarramt zu Joachimbs=
thal beansprucht, „vielmehr von ihnen selbst auff einer vor vielen Jah=
„ren zu Prag angestellten Sinote dafür gehalten worden, sie hetten
„mit Denen im thal, vnd die im thal mit ihnen nichts zu thun . . .";
ferner sei Joachimbsthal mit den mehrfachen Reformationen verschont
geblieben, „biß es endlich 1624 auff übel affectionirte anleitung Ihrer
Geistlichen ausweichen müßen;" zudem sei die ihnen verliehene Indul=
genz noch nicht aufgehoben, da sie noch einen evangel. Schuldiener

hätten, die Wiedereinräumung der Kirche aber sei von Ferdinand II.
durch Befehl an die Böhmische Kammer d. d. Wien 16. April 1631
„darauf gestellet, vnd erkundigung einzuziehen Allergnädigst befohlen
„worden, ob die Kirch in Joachimbsthal von der Gemeine vndt denen
„bergkwerken daselbst erbawt worden"...; übrigens lehre die Erfah=
rung, daß von den Orten, wo die Gewissensfreiheit aufhöre, auch die
Bergleute nebst dem Segen des Bergbaues sich wegwenden ꝛc.; daher
bäten sie „anzubefehlen, daß den Exulirenten Joachimsthalern ihr
„verlaßen hauß vnd hoff wie auch kirch vnd Schulen vnd was ihnen
„sonst zugehörig gewest, wieder eingereumet vnd ihnen in übung der
„Evang. Religion keine hinderung geschehe"...*) — Gleichsam als
Antwort auf die ständische Fürbitte erschien Ende 1650 in Joachims=
thal Niklas Freiherr von Schönfeldt „auf Saulin, Commarin=
gen, Schönwaldt, Kahn und Pröbliß, Röm. Kais. Mayt. Kriegs=
Böhmischer Kammerrath, Oberster und in den Bergkstäden verordne=
ter Commissarius und General Visitator," ein Mann von schroffem,
eigenmächtigem, unbeugsamen Sinne. Ohne irgendwelche Rücksicht
auf die Vorstellung sämmtlicher Bürger und Bergleute, die ihn um
Aufrechterhaltung der evangel. Freiheit gemäs frühern Ordnungen und
dem Normaljahre 1624 baten, erließ er an die entwichenen Joachims=
thaler eine Reihe von Citationen. In der ersten d. d. Joachimsthal
12. Jan. 1651 erklärte er sich für beauftragt, in genanntem Orte so
wie in den „umliegenden Bergkstäden, alß Gottesgab, Platten, Hängst
„[Hengst] und Aberthamb bei dem von Gott erlangten Friedt allerley
„gute Polecey und Anordnung vor die Hand zu nehmen und also zu
„stabiliren, daß Hienfüro obgemeldte Bergkstäde möchten dadurch in
„Erhebung ... aufgebracht und in gutem Esso verbleiben können,"
und verlangte, die Einwohner sollten binnen 10 Tagen zurückkehren
und von ihren Häusern und Gütern Besiß nehmen; die Gehorsamen
werde er dem Kaiser rühmen. Zugleich schickte er eine Specification der
Namen der Ausgewanderten mit, damit sich Keiner entschuldigen könne.
Auf dieses Ansinnen erwiderten die Joachimsthaler d. d. Neustadt Wie=
senthal 19/9. Jan., es seien ihnen „ernstliche Patenta von unsrer Geist=
„und weltlichen Hohen Obrigkeit, ... des Innhalts entweder die Catho=
„lische Religion anzunehmben, oder außer Landes sich zu begeben, zum
„öfftern intimiret worden, Welcher Ihrer Kayf. Maj. entlichen Resolu=
„tion und Willen wir gehorsamlich nachgelebet;" dies sei der Grund ihrer
Auswanderung. Nun erfolgte am 24. Jan. eine zweite Citation, welche

*) Act. 7221. Bl. 55.

den Termin bis zum 1. Febr. 1651 verlängerte, aber von den Joachims=
thalern am 28. Jan. abermals ablehnend beantwortet wurde. *) Nicht
besser erging es der dritten Citation, die am 1. Febr. eintraf und die
Rückkehr bis zum 8. Febr. foderte. Inzwischen hatten der Hauptmann
Wagner und der Schösser zu Schwarzenberg Christian Person **)
das eigenmächtige Verfahren Schönfeld's dem Churfürsten unterm 20.
Jan. 1651 angezeigt und erhielten von Letzterem außer der nochmali=
gen Erklärung, die Aufnahme der „armen Leute" allenthalben gern
gestatten zu wollen ***), folgende Weisung: „Können aber gleichwohl
„nicht nachsehen, daß vorgedachter Oberste Schönfeld In Unsern lan=
„den unerfordert jedes orts gerichten Patente umbschicken, durch eigen=
„thätige Citationen die Emigranten evociren und hierdurch In Unsere
„territorial = Jurisdiction eingreifen solle. Dahero Ihr deßwegen vor
„euch an Ihn Schreiben köntet, mit Vermelten, Weil diese arme
„Leute anders nichts alß was Ihr Kaiß. Maj. gster [gnädigster] Wille
„und Befehl, so Ihnen sowohl auf den Kanzeln, alß auch von Ihm
„dem Obersten selbst intimiret sein solle, Zwar über Ihren wunsch
„unnd willen ins werck richten Vnd das Ihrige verlassen müssen, het=
„ten Wir ihnen darumb und aus Zuneigung gegen Unsere Glaubens=
„genossen ihr unterkommen in Unsern landen nicht verweigern können,
„Sondern sie in Unsern Schutz auf und angenommen, mit ferner an=
„suchen, hinfüro der angemasten Citationen sich zu enthalten, oder
„Unsere Kegen Verordnung Zu erwarten, maßen ihr dann auch die
„Ueberbringer dergl. Citationen, dafern ihr sie hierin gewiß betretet,
„anzuhalten Vnd biß auf Unsern fernern Bescheid zu verfahren gar
„wohl befugt seit"... Demgemäs schrieben die Churfürstl. Beamte=
ten am 14/24. Febr. an Niklas von Schönfeldt, und Dieser
antwortete d. d. Prag 7. März 1651: daß die entwichenen kaiserl.
Unterthanen ihrer Pflicht hierseits noch nicht entbunden sein, wäre
„ihnen zum besten auß gutter meinung geschehen, welchs mir hoffent=
„lich niemand im argen vermercken wird. Zumahlen mir wohl wiß=
„send, daß Hochansehnlichen respects Ihr Ch. D. zu Sachsen ich
„schuldig bin, darwieder dann niemahln ichtwaß von mir eigenmächtig

---

*) Die Antwort wurde ihnen zerrissen zurückgeschickt.

**) Die Amtsschösser jener Zeit, die den Erulanten wesentliche Dienste geleistet,
sind Christian Person († 1657); Joh. Rudolph Person († 1664); Joh.
Georg Rachhalß, nachmals Oberamtmann des erzgeb. Kreises († 1678).

***) Joachimsthaler Bergleute hatten d. d. Neustadt = Wiesenthal 26. Jan.
1651 um Aufnahme und Gestattung des Bergbaubetriebs petirt.

„tentirt vnbt vorgenommen werden soll." Gleichwohl schickte der Ober=
amtsverwalter zu Joachimsthal, Johann Jacob Küttner von Par=
chimb Anfang April den Ausgewanderten in Ober=Wiesenthal durch
einen Boten ein Ausschreiben zu, in welchem er foderte, sie sollten
bis zum 27. Mai (binnen sechs Wochen) zurückkommen und „sich ne=
ben andern getreuen accommodiren"; wer aber zur Emigration gänz=
lich entschlossen sei, solle seine Grundstücke in bestimmter Zeit verkau=
fen, „das Geld auff dem Rathhause abrichten lassen" und alle Schul=
den bezahlen, widrigenfalls werde der Stadtrath die Güter verkaufen;
übrigens dürften die Ausgewanderten nie zurückkehren. Indeß der Bote,
Christof Kirchner, wurde von sächs. Beamten angehalten, am 8.
April verhört, gefänglich eingezogen und erst, nachdem der Oberamts=
verwalter ihn losgebeten, auf Churfürstl. Verordnung am 13. April
wieder entlassen, zugleich aber erhielt Küttner von Schwarzenberg
aus eine ernstliche Verwarnung. *). — Von der Zeit an ist die Stadt,
in der einst Mathesius, Luther's Freund, gewirkt hatte, für die
evangelisch=lutherische Kirche verloren gewesen. **)

Auch die Geschicke der Bergstädte Platten und Gottesgabe
sollten im Jahre 1650 ihrer Erfüllung näher kommen. Die Lutheraner
Platten's hatten sich bis jetzt auf der Jugeler Glashütte von M. Ste=
phan Stepner, Pfarrer zu Eibenstock, wohin Jugel gepfarrt war,
mit dem göttlichen Worte und den Sacramenten versehen lassen und
dabei die Hoffnung auf Wiederherstellung der früheren Zustände noch
immer nicht aufgegeben, durch die Vorgänge am 16. Septbr. aber
wurden sie enttäuscht. Ueber dieselben erfährt man das Nähere aus
dem Berichte des Churfürstl. Zehntners David Seiffarth an die
Herren „Georg Friedrich und Caspar von Schönberg auf Mittel=
frohna und Limbach, der Erzgebirge wohlverordnete Herren Berg= und
Vice Berghauptmann, auch Churfürstl. Durchl. vornehmer Rath; so
wie an Herrn Theodor Siegeln, Ober=BergAmtsverwalter zu Frei=
berg" d. d. Annaberg 21. Septbr. 1650. Darin heißt es: „Geb
„Deroselben hiermit unterdienstlichen zu vornehmen, Daß neben dem
„Bergkmeister zum Marienbergk, Martin Hillern, ich mich bei an=
„vnd abhörung der Gottesgab= vnd Plattischen Bergkrechnung befun=
„den, ist zur Gottesgab 83 schwere Ctr. 49 ℔ Zien, zur Platten
„aber 85 schwere Ctr. 90½ ℔ Zien gemacht vnd durch die Schicht=
„meistere dieses Quartal Crucis in ihren Registern eingebracht vnd

---

*) Crul.=Acten Bch. V.
**) Peschek II. 241.

„vorrechnet worden, von welchen der Röm. Kayſ. auch zu Hungarn
„vnd Böhimben Königl. Mait. das halbe Zwanzigſte vnd die andere
„helfft beßelben Ch. Durchl. zu Sachſen vnſern Allerſeits gnädigſten
„Herrn Zuſtehen vnd gebühren thut. — Nach verrichteten beyden ſol=
„chen Bergkrechnungen hat der Ambtsverwalter vnd Zehenden Einneh=
„mer des Oberambts in S. Joachimsthal Johann Jacob Küttner,
„auf Befehl vnd Anordnung des Hoch= vnd Wohlgebornen Herrn
„Herrn Nicolai Freiherrn von Schonfeld ꝛc., zwar im nahmen der
„Röm. Kayſ. Mait., wie auch der Böhmiſchen Kammer, die Bergk=
„beambten als Bergkmeiſtere, Bergkgeſchworene vnd
„Bergkſchreiber ihrer Dienſtbeſtallung entnommen, be=
„nenſelben auch wie auch den Bergkleuthen nebens be=
„nen bawenden Gewercken vndt Jnwohnern ingeſambt
„angemeldet, woferne ſich dieſelben innerhalb 14 Ta=
„gen nicht zur Catholiſchen Religion bequemen würden,
„daß ſie ſodann emigriren, mit ledigen henden davon
„gehen, auch alles hinter ſich verlaßen ſolten, Sinte=
„mahl Röm. Kayſ. Mait. nicht geſonnen eine andere Religion außer=
„halb der Catholiſchen in Dero Landen zu bulten vnd zu leiden. Alß
„nun bey demſelben ich billiche anſuchung gethan, daß mit den guten
„Leuthen nicht ſo stricte procediret vnd verfahren, ſondern dieſelbe
„zum wenigſten noch ein Quartal vnd bis zur Bergkrechnung Luciae
„inkünftig bei ſolchen ihren Dienſtbeſtallungen vnd Bergkarbeit oder
„Bergkwerksbaw vnd andern ihren vermögen gelaſen werden möchten,
„Ch. D. zu Sachſen auch von welcher Sie die halbe beſoldung bekä=
„men hievon vntertheniger Bericht eingeſendet werden könnte, die
„Bergkwerke auch als ein regalſtück nicht genzlichen zuſumpffgehen möch=
„ten, hat er ſich darauff mit dieſen wortten heraußgelaßen: „„Jhre
„Kayſ. Maytt. wolten lieber ein verwüſtetes, dann ein ketzeriſches Land
„haben, vnd wenn die Bergkwerke gleich noch ſo gut weren, achteten
„ſie daßelbe nicht, ſondern wolten die ketzer ausgerottet wißen. Und
„weil von dem von Schonfeld Jhr Gnaden derentwegen ernſte anord=
„nung erfolget, könnte er nicht vorüber, er müſſe ſeines keyßers Be=
„fehl in gebührliche acht nehmen vnd demſelben vnterthenigſt pariren.““
— „Wiewohl nun bey ermelten Ambtsverwalter ich wegen der guten
„ehrlichen Leuthe zu Gottesgab vnd Platten gantz weh, vnd demütig
„angeſonnen, vnd gebethen, daß mit ihrer emigration ſo lange in
„ruhe geſtanden werden möchte, biß Sie ihre Heußerlein verkauffen,
„ſich vmb andern auffenthalt bewerben, auch ihre mobilia vnd andres
„hinwegſchaffen könnten, hat er ihnen doch anderweit dilation lenger

„nicht dann noch 14 tag vergünstiget, nach endung dieser solten Sie
„sich entweder zur Catholischen Religion bequemen oder aber emigriren,
„auch das ihrige alles in stich laßen, Ob nun meine intercession vnd
„gethane Vorbitt etwas fruchten vnd ihnen bis vf bevorstehend Quar-
„tßal Luciae nechstkünfftig dilation gegeben werden möchte, wird die
„Zeit in kurzem veroffenbahren.“ Seiffarth bittet dann in seinem
und der Leute Namen, daß die Herren v. Schönberg eine Churfürstliche Intercession erwirken, damit die beiden Bergstädte „mit der Cathol. Religion nicht beschwehret, sondern bey ihrem Glaubensbekännt-
nüß gelaßen werden möchten,“ erzählt von den jüngst in Wien getha-
nen Schritten unter Beifügung der bezüglichen Abschriften *) und wünscht
Verordnung, wie es hinsichtlich der dienstentlaßenen Beamteten und
Arbeiter von Platten und Gottesgabe, wenn sie emigriren, gehalten
werden soll, zumal da „sich der Ambtsverwalter gegen die guten Leu-
„the ingesambt, vnter andern auch mit diesen wortten herausgelaßen,
„woferne dieselbe innerhalb 14 tagen die Catholische Religion an zu
„nehmen sich nicht ercleren würden, daß sie sodann mit militari-
„scher Execution, ia Fewer vnd Schwert heimgesucht, auch
„als Rebellen vnd trewlose meinEydige Leuthe, so an ihren Kayser
„trewloß worden, von hauß vnd hof verjagt vnd hinweggetrieben wer-
„den solten, Wie solches alles der Bergmeister zum Marienbergk ne-
„benst mir angehöret, wier auch vor solches procedere gantz demütig
„vnnd freundlich intercediret vnd gebethen haben ...“ Zur Vervoll-
ständigung dieses Berichts dient ein anderer, den Seiffarth auf Ansuchen der beiden Städte **) am 28. Septbr. 1650 an den Churfürsten erstattete. In demselben wird erzählt: die Bergbeamteten seien zunächst aufgefordert worden, „alsobalt zu ercleren, ob sie sich zur Ca-
„tholischen Religion bequemen vnd dieselbe annehmen wolten. Alß aber
„die armen Leuthe sich desfallß entschuldiget, das ohn verletzung ihrs
„Christlichen gewißen sie ihr tauffgelöbnis nicht hintansetzen, von der ein-
„mal erfannten vnd befannten wahren Christlichen Religion abfallen
„vnd zu der Catholischen sich wenden fönnten,“ da sei die Abnahme

---

*) Dabei die Aeußerung: „auch das andere [? vom 21. März 1650] Churf.
   Intercessionalschreiben soll durch Hrn. Secretarium Daniel Kirchner nach Wien
   befördert vnd Jhr K. Mayt. gleichergestalt gebührlichen insinuiret werden sein,
   Immaßen dann hierumb Ch. D. zu Sachsen geh. Kammer Secretarius Herr
   Burchhardus Berlichius nebenst dem Bergk Secretario Augusto Lottern und
   Caspar Jahnen gute wißenschaft haben vnd tragen sollen.“

**) Platten hatte am 27/17. Septbr., Gottesgabe am 28. Septbr. 1650
   um Seiffarth's Protection gebeten. Act. No. 7221. Bl. 58. 59.

der Dienstbestallungen erfolgt. Auf die Bitte um Aufschub und Be=
rücksichtigung des Bergbaues habe Küttner erwidert: „Ihre Kayf.
„Mait. achtete solches alles vor nichtes vnd wann gleich so viel
„Silber, als itziger Zeit Zien gemacht würde, geferti=
„get werden könnte, Sondern wolten viel lieber ein öb=
„vnd wüstes, dann ein ketzerisches Land haben, vnd wenn
„gleich die Bergkwergk noch so gut weren, wolten sie doch die ketzer
„aus ihren landen ausgerottet wißen, weil sonderlichen der Pfaltz=
„graff *) auch keine andere religion als die Calvinische in Dero lan=
„den zu leiden gesonnen;" er (Küttner) müsse dem Befehle des Kai=
sers gehorchen. „Als aber (fährt S. fort) vmb producirung solches
„mandati Caesarei bey demselben ich angesonnen vnd gebethen, hat er
„ein bloß Missivschreiben von einem halben bogen, so Herr Niko=
„las v. Schönfeld an ihme gethan, produciret, vnd mir zu lesen
„gegeben, dießes inhaltes: Ihme Küttnern würde vnentfallen sein,
„was auf befehl Kayf. Mait. vnd der Böhmischen Kammer er vor
„Verordnung gethan, vnd ihme anbefohlen hette, derowegen würde er
„solches alles in gebührliche acht zu nehmen, auch den Bergkbeamten,
„wofern sich dieselbe nicht zur Cathol. religion bequemen theten, ihre
„Dienstbestallungen zu entnehmen wißen." Dawider nun habe er (Seif=
farth) protestirt und um Verlängerung des Termins bis zum neuen
Quartal gebeten, jetzt aber bitte er den Churfürsten, für die armen
Leute bei dem Kaiser sich zu verwenden. **)

Auf Grund des erwähnten Berichts stellten die Herren v. Schön=
berg und der Oberbergamtsverwalter Siegel dem Churfürsten d. d.
Freybergk 28. Octbr. 1650 vor, wie sehr eine Intercession bei dem
Kaiser zu wünschen sei, „damit wo nicht sämptliche Einwohner, Je=
„doch zum Wehnigsten die Bergkbeambte vndt Bergkleuthe, weil Derer
„sonst nicht Vielmehr zu erlangen, vndt mangell daran ist, bey der
„Religionsfreyheit gelaßen vnd nicht inß Exilium verjaget werden möch=
„ten." Johann Georg wendete sich deshalb abermals an den Kai=
ser d. d. Dreßden 4. Nov. 1650. Er erinnert zunächst an seine In=
tercessionen vom 29. Octbr. 1649 und 21. März 1650, auf welche
„zur Zeit, sondern Zweiffel wegen anderer vielfältigen überhaufften

---

*) Friedrich V. Vergl. Peschek I. 379 fg.
**) Act. No. 7221. Bl. 39 fg. 60 fg. — Engelschall, der diese Vorgänge
   Bl. 13 fg. fälschlich in eine spätere Zeit verlegt, setzt hinzu, der Bergmeister
   Löbell und der Stadtrichter Möber hätten ihre Entlassung sofort anneh=
   men wollen, und Caspar Schmid habe bekannt, sie würden, zur catho=
   lischen Religion gezwungen, bei derselben nicht bleiben.

Reichsgeschäffte keine allergnädigſte Resolution erfolget," recapitulirt das von Seiffarth Berichtete mit der Bemerkung, daß Küttner „wie bemelter mein Zehndtner ferner berichtet, von E. Kayſ. vnd Königl. Mayt. keinen ſonderbaren befehlich vorzuzeigen gehabt," vnd fährt dann fort: „obgleich er der Hoffnung lebe, der Kayſer werde Gnade üben, „auch daß dieſe beede geringe BergkStädtlein gar weit herauſſen vnd „nahe an meinem Landt gelegen ſeyn vnd bißhero allervnterthänigſter „ſchuldigkeit ſich erwieſen, allergnädigſt erwegen vnd zu beförderung „des lieben Bergkwercks ſowohl vmb ihres als meines mit vnterlauf= „ſenden Intereſſe willen die Bergkbeampten vnd Bergkleute an ſolchen „örthern allergnädigſt verbleiben laßen, So habe ich doch ſolche meine „vnterthänigſte Interceſſion zum überfluß noch einſten zu wiederholen „nicht vnterlaßen können, Mit gehorſambſter bitt, E. Kayſ. vnd Königl. „Mayt. geruhen deroſelben allergnädigſt ſtatt geben vnd mit ehiſten be= „fehlich ertheilen zu laßen, damit die ohn das durch das langwie= „rige leidige Kriegsweſen wegen ihrer erwieſenen treuen devotion vnd „ſtandthafftigkeit ausgemergelte Leute bey den übrigen ſchlechten Güter= „lein vnd genießung des eblen Friedens noch ferner gebuldet, das „Bergkwerck mit der Zeit zu E. Kayſ. vnd Kön. Mayt. vnd meinem „beſten wieder ins auffnehmen gebracht vnd durch ausſchaffung der „Bergkburſche nicht vollents zu ſumpff getrieben werden möge . . ." *)

Es iſt möglich, daß, wie Engelſchall erzählt **), die Plat= tener und Gottesgaber bald nach jenen Septembertagen in das Ober= amt zu Joachimsthal citirt und ihrer ſechs gefänglich dahin abgeführt

---

*) Act. cit. Bl. 37 fgg. — Obigem Schreiben lagen bei: Copieen der beiden frühern Interceſſionen, des Schrumpp'ſchen Berichts, der reichsſtänd. Interceſ= ſion vom 10. Juni 1650, des Platten = Gottesgab'ſchen Geſuchs an den Churf. vom 11/21. Oct. 1649, ſo wie des Bittſchreibens beider Städte an den Kai= ſer vom 14. Decbr. 1648 (vergl. oben S. 17.). Der Schluß des letzteren lautet: „Alſo gelanget an Ihr Kayſ. vnd Kön. Mayt. vnſer Aller vnterthe= „nigſt vnd bemütigſt fußfallendes bitten, dieſelben geruhen aus Kayßl. Gna= „den bey inſtehenden angeſtellten Reichstagk die nun etlich Jahre her uns be= „nommene Augſpurgiſcher Confeſſionsverwanten Miniſtros Neben den lieben „Gotteshäußern zu öffentlichen Exercitio Allergnädigſt hinwieder zu vergönnen, „vnd zuzulaßen. Danebenſt erkennen wir vns ohn das ſchuldigſt, Ihr Kayß. „vnd Kön. Mayt. mit darſetzung Leib, Ehr, guth vnd bluts, wie hiebevorn „iederzeit, alſo auch noch aller getreueſt zu verbleiben, vnd E. Kayſ. Mayt. „großmächtigſtes Crafftwortt, fiat, mit höchſt ſehnlichen verlangen erwarttende, „Auch zu Dero beharrlichen Kayßerl. vnd Kön. Gnaden vnd hulden vns Aller= „unterthenigſt vnd gehorſambſt empfehlende."

**) Chronik S. 14 fg.

wurden, allein vor weiteren Gewaltmaßregeln scheint sie doch die Intercession des Churfürsten und noch mehr dessen persönliche Zusammen-
kunft mit Ferdinand III. zu Prag im Spätsommer 1652 *) vorläufig geschützt zu haben, wiewohl sie dabei ihre Kirchen und Schulen
nach wie vor entbehren und in täglichem Fürchten vor härterem Verfahren leben mußten. Man ersieht Dies aus ihrem Bittschreiben an
den Churfürsten vom 23. Octbr. 1652. Darin heißt es: obschon sie
— Dank den churfürstl. Intercessionen — bisher wegen Religionsver-
änderung „mit Zwangsmitteln nicht so hart angestrenget worden" wie
andere benachbarte Orte, „So können wir iedoch gleichwohl E. Ch.
„D. unterthenigst clagende nicht pergen, daß nichts desto minder vn-
„sere Kirchen vnd Schuhlen, so, wie ob angeführet, von E. Ch. D.
„hochlöbl. Vorfahren Christmildester gedächtniß von grundt auf erbauet
„worden, Boritzo mit Kirchen- vnd Schuhldienern der Röm. Cathol.
„Religion zugethan besetzet, derer Predigten wier wider vnßern willen
„besuchen vndt vnßre Jugendt zur information vntergeben, auch daß
„etwan härter die Röm. Cathol. Religion anzunehmen auf vns gedrun-
„gen werden möchte, Wier Vnß befahren müßen, deßen Wier aber
„von grundt vnßres Herzens gerne überhoben sein möchten;" der Churfürst wolle daher bewirken, daß sie auf kaiserl. Befehl freie Religionsübung be- und ihre Kirchen und Schulen wieder zurück erhalten. **)
— Dieses Gesuch sendete der unermüdliche Veit Dietrich Wagner unterm 24. Octbr. 1652 an Herrn Heinrich von Taube auf Reich-
städt, Röthnitz, Nebra und Püchau, Churf. Oberhofmarschall, Ober-
kämmerer und Hauptmann der Aemter Torgau und Eilenburg, mit
folgenden Bemerkungen: er (W.) habe den in dieser Zeit nach Prag
reisenden Churfürsten bis an die Grenze begleitet und seinen Rückweg
durch die Bergstädte genommen; da seien sämmtliche Einwohner zu
Platten und Gottesgabe höchst erfreut zu ihm gekommen, um zu dan-
ken besonders für die drei letzten churfürstl. Intercessionen; weil aber
der Churfürst eben in Prag weile, wollten sie denselben nochmals um
seine persönliche Verwendung bitten und deshalb den Hofmarschall ersu-
chen, er möge das „Memorial" überreichen und bevorworten. Ein spä-
terer Brief Wagner's an denselben (ohne Datum, aber jedenfalls
aus nächster Zeit) sagt, daß, wie Secretär Berlich gemeldet, der
Churfürst vom Kaiser Vertröstung erhalten habe, und nun die kaiserl.
Resolution zu Regensburg zu erwarten sei; dann heißt es weiter: „Nun

---

*) Pelzel II. 834.
**) Act. cit. Bl. 62.

„kann ich dem Herrn Vattern nicht genugsamb beschreiben, Wie diese Ver=
„tröstung diese Vnßere Glaubensgenoßen erfreuet, alßo daß sie ihre inner=
„liche Herzensbegierde mit Vergießung Vieler Zehren bezeiget Vndt noch=
„maln allen ihren Trost vndt Hoffnung zu Gott vndt Ihrer Churf.
„D. setzen ..." Schließlich wird v. Taube gebeten, bei dem Chur=
fürsten zu intercediren und die Sache den churfürstl. Gesandten auf dem
Reichstage bringend zu empfehlen. *) Mit Bezug auf die in W.'s
Briefe erwähnte „Vertröstung" wendeten sich die beiden Bergstädte am
9. Decbr. 1652 noch einmal an den Churfürsten, erinnerten an die
demselben zu Prag überreichte Supplik und baten um nochmalige münd=
liche Fürbitte bei dem Kaiser, damit die Petenten „bei der einmahl er=
„kannbten vndt bekannbten wahren Evangel. Religion Augspurgischer
„Confession ... allergnädigst gelassen vndt nicht wie andere benachbar=
„ten in dem Königreich Böheimen, den Röm. Cathol. Glauben auff
„das Neue anzunehmen oder in beßen Verweigerung Haab vndt Gü=
„ter zu verlassen vndt mit ... Weib vndt Kindern das bittere Elendt
„zu bauen gedrungen werden möchten;" aus Wagner's Antwort hät=
ten sie ersehen, daß durch des Churfürsten Vermittelung eine günstige
Resolution von Prag in Dresden zu erwarten stehe, und im gegen=
theiligen Falle die sächs. Abgesandten zu Regensburg die Sache vor den
inmittelst dort angelangten Kaiser bringen sollten; dafür dankend bäten
sie den Abgesandten zu befehlen, daß sie die verheißene allergnädigste
Resolution zu erlangen suchen möchten. **)

Daß aber alle Fürbitten und Vorstellungen den Kaiser ebensowenig
umzustimmen vermochten als die Zustimmung des sächs. Churfürsten
zur Wahl Ferdinand IV. zum römischen Könige (8. Septbr. 1653),
sollte noch im Laufe des Jahres 1653 klar werden. Nach mehrfachen
vergeblichen Citationen waren die standhaftesten Bürger Platten's am
4. Octbr. ins Oberamt zu Joachimsthal beschieden und für den Fall
des Ungehorsams mit Leibes= und Lebensstrafen bedroht worden. Da
trotzdem Alle bis auf Einen ausblieben, so wurden durch ein im Na=
men des Herrn Niklas von Schönfeld ausgefertigtes und von
Johann Jacob Küttner von Parchimb unterzeichnetes Pa=
tent d. d. St. Joachimsthal, 10. Oct. 1653 die „Gerichte und nach

*) Act. cit. Bl. 63 fg.
**) Crul. = Act. Bch. V. — Engelschall S. 12. fügt bei, die Bergstädte
hätten in jener Zeit dem (Förster und Stadtkämmerer zu Platten) Paul
Stecher 200 Rthlr. gegeben, um damit die weitere Duldung zu befördern,
dieser aber habe das Geld veruntraut. Indeß findet sich darüber sonst nirgends
eine Nachricht.

„specificirte Personen zur Platten, als Melchior Siegel, Johann Lö=
„bell, Gabriel Hammerdörffer, Zacharias Klaßmann, Hanß Roth,
„Matthäus Weigel, Hanß Poppenberger jun., Melchior Horbach,
„Andreas Kircheisen, Gregor Röber, Michael Ulmann, Oßwald
„Schreyer, Georg Meißl, Kilian Epperlein, Paul Hammerdörffer,
„Christoff Bähr, Daniel Horbach, Johann Weigel, Christoff Haas,
„Hanß Spengler, Hanß Wildt, Andreas Fleischer ꝛc. als Meineidige,
„Treulose, Ehr= und Pflichtvergessene" aus Kays. Landen andern zum
Exempel bannisiret, mit dem expressen Befehl, daß, wer von ihnen
Böhmen betreten würde, in Ketten und Banden nach Prag geschaffet,
und was ihre praetension und Forderung sei, liegendes oder fahren=
des, in Sequestratur genommen, und nichts gefolget werden solle. *)
Ob zur Durchführung dieses Patentes militärische Kräfte angewendet
worden sind, ist zweifelhaft; **) so viel aber ist gewiß, daß man in
Platten wie in den umliegenden Orten von nun an nur Heil in der
Flucht sah und zu einer Auswanderung in Masse sich anschickte. Diese
erfolgte denn auch gegen Ende des Jahres 1653.

II.
Die Auswanderung aus Platten nach dem Fa=stenberge.

Da das Patent vom 10. Oct. 1653 keinen Termin festgesetzt hatte,
bis zu welchem die Plattener Lutheraner aus dem Lande weichen soll=
ten, so zögerten sie mit der Auswanderung bis zum Eintritte des
Winters. Daß sie aber ihr Augenmerk auf den Fastenberg, ***)
„da nichts denn Stöcke und Steine zu befinden," richteten, erklärt
sich theils aus der Nähe des Berges, der nur eine Stunde von Plat=
ten entfernt liegt, theils aus der Hoffnung auf Ausbeute an Silber,
Zinn und Eisen, das „sich eines Theils albereit ins Feld gelegt"

---

*) Der Text des Patents bei Engelschall S. 15 fg. ist offenbar corrumpirt,
   aber in seiner ursprünglichen Gestalt von mir nicht zu erlangen gewesen.

**) Engelschall S. 13. sagt, es seien Soldaten in Platten erschienen, je=
   doch ohne ernstlich einzuschreiten.

***) Der Name stammt angeblich daher (Engelschall S. 11.), daß eine
   Churfürstin, die bei einer Jagd auf diesem Berge ihren Hunger nicht befriedi=
   gen konnte, ausgerufen haben soll: „Das mag mir wohl ein rechter Fasten=
   berg sein." Aber aus eben dieser Aeußerung dürfte folgen, daß der Berg
   schon vorher so genannt worden ist.

hatte *) und den von Haus und Hof Vertriebenen einigen Erwerb ver-
sprach), vor Allem aber aus dem Umstande, daß bereits mehrere Plattener
Exulanten mit Churfürstlicher Bewilligung daselbst sich angebaut hatten.
Ursprünglich nämlich standen schon seit dem 16. Jahrh. zwei
Waldhäuslein auf dem Faftenberge, wie aus einem Gesuche erhellt,
das Caspar Clauß **) und Christoph Meichßner am 24. Febr.
1652 an den Churfürsten richteten. Darin heißt es: „ihre Großeltern,
Bergkleute, hätten sich voriger Zeit nechst an die böhmische Grenze uffn
Faftenbergk am Breittenbach gelegen gemachet, ihr Bergkwerck zur sel-
bigen Zeit getrieben und zwei Zächenstüblein zum Aufenthalte bei weh-
render Arbeit erbauet, nachmals sich ganz da zu wohnen begeben, auch
zu Erhaltung ein wenig Viehes von dem damaligen Oberförster zu
Burckhartsgrün, Hanß Günthern, eine gewisse Revier, gegen einen
jährlichen Laßzinß, auch Entrichtung Geist- und Weltlicher Obrigkeit
Gebührniß ins Städtlein Eybenstock abgestattet, eingeräumt erhalten;"
sie wollten nun in diesen von ihren Eltern ererbten Waldhäuslein wohnen bleiben, müßten sie aber von Neuem aufbauen, und bäten Befehl zu geben, daß ihnen solche Häuslein und Laßräumlein, „weil
an solchen ortten ohne daß nichts denn Stöck aus Zu rotten, gruben
vnbt hügel eben Zu machen seindt, auch Kein Körel getreyde alba ge-
seet noch reiff werden kann," gegen einen erträglichen Erbzinß erblich
eingeräumt, auch das Bauholz ohne Waldzinß gewährt werde. ***)
In der Nähe dieser Häuser nun wurde mehreren Plattenern, welche
das Exil der täglichen Angst vorzogen, schon in den Jahren 1651
und 52 gestattet, sich anzubauen. So erhielt auf den Bericht des
Amtshauptmanns Wagner, des Oberforstmeisters von Carlowitz und
des Amtschöffers Person Matthes Weigel (Weigelt), Rathsbeisitzer
und Müllermeister zu Platten, am 20. März 1651 die churfürstliche
Erlaubniß, „ein Wohnhaus und Mahlgang am Faftenbergk bei dem
Breitenbachischen und Jugelischen Wasserfluß auf seine Unkosten zu
bauen, da der Bau der Wildtpahn nicht nachtheilig sei, vielmehr zu
sterckunge der Ambts Intraden diene" †), und als W. dann unterm

*) Siehe Beil. III.
**) Engelschall S. 11. hat den Namen Caspar Bernd (?).
***) Acta, Die von der Platta weggewichenen Exulanten betr. (Cap. I. lit. C.
No. 10.) Bl. 9. — Uebrigens bewilligte ein churf. Befehl d. d. Dreßden 2.
Martii Ao. 1652. das Erbetene.
†) Weigel sollte jährlich 1 fl. 3 gr. Erbzinß und an Steuer 10 Æho. nach
Schwarzenberg entrichten, dafür aber „Rocken und weizen" verbacken dürfen.
Act. cit. Bl. 253.

13/23. Mai 1651 auch das Holz zum Baue und daneben eine Revier von 400 Doppelschritten sich erbat, „albieweil dießer Ortt nur eine Gewülbnüs ist, nichts als Stöcke, Stein undt Hügel: wächßet auch an dießen kalten wintterischen Rauhen Gebürg kein Getraidtigk,“ weshalb er nicht leben könne, wenn er „nicht etwan ein par Stücklein Viehes (salvo honore zu melden) halten könnte,“ so kam am 12. Mai 1652 Befehl, ihm das Bauholz ohne Bezahlung an „unnachtheiligen enden“ zu verabfolgen und die Revier gegen einen leiblichen Erbzinß zu bewilligen. *)

Aus gleichem Grunde wendeten sich die Plattener Bergleute Johann Poppenberger und Melchior Horbach an den Churfürsten. Sie schrieben am 12/22. Mai 1651: „E. Ch. D. erinnern sich Gnä„digst, Welcher gestalt die Röm. Kayß. Maytt. Vnßer allergnädigster „Herr wegen der religion an itzo Strack reformiren, vnbt Vnß Evan-„gelischen das freye Exercitium religionis entnehmen laßen wollen. „Wan wir dan Arme Berckleut, gleich andern vnßern mit Bürgern „alhier Zur Platten in täglichen fürchten vnbt höchster be-„trängnüs Stehen, in dem Wir mögten mit Vnßern lieben Weib „vnbt Kinderlein von Vnßer häußlichen Nahrung weichen vnnbt also „vnßere Glaubensübung gänzlichen vntterlaßen müßen: Wie dan albe-„reit Theils nahe alhier benachtbarten wiederfahren, vnnbt sich von „Kayß. Jurisdiction begeben, vnb in Jhr Ch. D. Landen allergnä-„gnädigst aufgenohmen worden . . . Alß haben Wir auf Jhrer Ch. „D. Grundt vnnbt Boden einen Platz über Matthes Weigels Newer „ausgebrachter Mahlmühlen am Fastenberg gelegen, außgesehen . . .;“ sie wären Willens, „an diesem vnb anderen Ortten sich vmbzusehen „vnbt Berckwergk Negst Gott außzuschürffen,“ woburch der churf. Zehnte gefördert werden und sie ihre Nahrung neben dem lieben Wort Gottes erlangen könnten, und bäten deshalb Jeder um einen Platz in Gevier mit 400 Doppelschritten, ingleichen um Bauholz, um gegen leiblichen Erbzinß zwei kleine Wohnhäuschen aufzubauen. Auch diesem Gesuche fügte Johann Georg durch Befehl vom 12. Mai 1652 unter der Bedingung, daß es thunlich sei „ohn Nachtheil der Wildt-pahn.“ **)

Zu einer ähnlichen Bitte fühlten sich sechs Andere, „Hanß Roth, Hanß Wildt, Kilian Epperlein, Andereß Schulbeß, Marga-retha, Görg Preißler's Sehl. wittib, Dauibt Schürer,“ ge-

---

*) Act. cit. Bl. 6, 18.
**) Act. cit. Bl. 10, 11.

brungen. Sie machten am 6. März 1652 Folgendes vorstellig:
„... E. Ch. D. können wir in vnterthenigkeit, wehmüthigst Zu erken=
„nen Zu geben nit vnterlaßen, waßgestalt wir biß anhero Zum Berck=
„städtlein Platten gewohnte leuthe wegen der vor Zwey Jahren im
„Königreich Böheimb wieder angefangenen reformation Zimblich an=
„gefochten worden, auch biß dato, weiln es vnßern benachtbarten nit
„anders, als daß sie die Catholische Religion annehmen, oder Hauß
„vnd hoff reumen müßen ergehet, wenig hoffnung der nachlaß haben,
„vnd tragen leider sorg, dergleichen mit vns procediret werden würdt,
„Deroiwegen vns b e y Z e i t e n vmb Zu thun, da mit wir wißen
„könnten, wo wir vnßern auffenthalt mit vnßern armen weib vnd
„Kinderlein wieder haben möchten, Vndt also bey Vns beschloßen, so
„ferne wir so viel gnade bey E. Ch. D. erlangen könnten, wolltten
„wir vns in Dero Lande vnterthenigst niederlaßen, Vndt an die Grenz
„am Fastenberck ... etliche wohnheußerlein, mit hülff Zuförderst Ihrer
„Ch. D. vndt guter fromer leuthe auffbauen;" sie bäten deshalb um
das nöthige Bauholz, Hutweide und Befehl an die Beamteten, die
ausersehenen Plätze in Augenschein zu nehmen, abzuschreiten und gegen
erträglichen Erbzinß zuzuschreiben. Ein churf. Befehl vom 2. Mai
1652 gestand Alles zu, nur hieß es hinsichtlich des Holzes: „ohn
der Wildtpahn Nachtheil." *)

Diesen ersten Anbauern nun folgte gegen Ende des Jahres 1653
der helle Haufe, wie die Chronik sich ausdrückt, nach, was jedoch nicht
so verstanden werden darf, als seien sämmtliche Evangelische Plattens
auf einmal ausgewandert, da nachweisbar noch im Jahre 1654 und
später mehrere derselben mit Arrest belegt worden sind, weil sie nicht
zum Katholicismus übertreten wollten. Nein, nur 39 Hauswirthe,
wie sie selbst nachmals an J o h a n n G e o r g schrieben, aber freilich
wohl der Kern der Bürgerschaft, meist Handwerks = und Bergleute, **)
scheinen zusammen von Haus und Hof gewichen und zum Fastenberge
gezogen zu sein, obschon bald Mehrere nachfolgten.

Der Tag, an welchem Dies geschehen, findet sich nirgends angegeben,
sondern blos die Nachricht, daß es vor dem neuen Jahre geschehen
sei; wahrscheinlich aber ist, daß man die Nacht zur Flucht wählte, um
einen Theil der Habe in das bittere Elend mitnehmen zu können. ***)

---

*) Act. cit. Bl. 2. 3. vergl. 12.
**) Es waren darunter 4 Handelsleute, 6 Fuhrleute, 8 Köhler, 2 Glasmacher,
   2 Bäcker, 2 Zimmerleute u. s. w.
***) Die (56) Häuser nebst Wiesen und Feldern der Ausgewanderten ließ Niklas
   v. Schönfeld 1655 durch „unpartheiische Rathsfreunde aus Joachimsthal" (Mar=

Angelangt an dem Zufluchtsorte, sollten die Armen die rechte Glaubensprobe erst bestehen. Denn wie kläglich mußten sie, zumal mitten im Winter, auf dem rauhen Gebirge sich behelfen, wo ihnen nur wenige Hütten und allenfalls die 8 kleinen Wohnhäuser auf der Jugeler Glashütte ein schützendes Obdach boten! Wie wahr mag es sein, wenn Polykarp Weber, der nachmalige erste Pfarrer, erzählt,*) es habe „in manchem Hause von Menschen getönet, indem immer in die 12 bis 14 Paar Eheleute, ohne die Kinder und ledigen Personen, bey manchem sich aufgehalten, daß, wer aufgestanden, bald seinen Sitz missen und sich nicht wieder niedersetzen können." Dennoch harrten sie muthig aus, bis ihnen durch die Huld Johann Georg I. ein besseres Loos bereitet wurde. Ehe sie aber an diese sich wendeten, waren sie bedenklich, ob sie nicht blos die Erlaubniß „sich einzeln um den Fastenberg herum setzen zu dürfen" erbitten sollten; bald jedoch, vielleicht durch Veit Dietrich Wagner ermuthigt, entschlossen sie sich darum anzusuchen, daß ihnen der Aufbau eines förmlichen Städtleins gestattet werde, und ließen zu dem Zwecke von Wagner's Secretär Hähnel ein Bittschreiben anfertigen. In diesem Schreiben, d. d. Fastenberg 12. Febr. 1654, welches Johann Weigel in das Reine schrieb und mit Gregor Röber dem Churfürsten überreichte, hoben sie besonders hervor, daß ihnen, denen all ihr armes Vermögen genommen worden, nicht möglich sei, in andere Städte sich einzukaufen, machten gegen die ihnen wohl durch Wagner bekannt gewordene Verordnung vom 14. März 1650, nach welcher sich Exulanten nicht allzu nahe an die Grenze setzen sollten, namentlich Dies geltend, daß der erwählte Ort reichen Bergsegen hoffen lasse, und baten, der Churfürst wolle Jedem gegen leiblichen Erbzinß Raum und Bauholz zum Aufbaue eines Häusleins gewähren, zudem ihnen gestatten, ein Kirchlein, Gottesacker, Pfarre und Schule zu bauen, auch einen Pfarrer und Schuldiener Augsb. Confession anzunehmen; daneben eines Bergstädtleins Freiheit, Zunft und Innungen sammt allen Handwerksgewohnheiten, dabei auch einen Mahl- und Malzgang und eine Bretmühle vergönnen und zulassen, endlich zur Ausführung des Vorhabens die und jene Erleichterung und Beihülfe bewilligen (Beil. III.). Das Schreiben beseitigt geschickt manche mögliche Bedenken und läßt vermuthen, daß der liebreiche Wagner mit seinem guten Rathe behilflich gewesen sei. Gleichwohl soll der

---

tin Brunner, Martin Fritsch, M. Antonius Cornelius Frölich) tariren und verkaufen. — Das theuerste war das von Löbell sen.: 400 Fl. Angeld und 550 Fl. Tagegeld. Vgl. oben S. 37 und Beil. III.

*) In der: „Ehren-Seule" (Zwick. 1656. 4.)

Churfürst anfangs für beffer erachtet haben, daß sich die Erulanten in anderen bereits erbauten Städten, z. B. Schneeberg, Annaberg, nieder= derließen, und erst durch die Fürsprache des Oberhofpredigers Dr. Ja= cob Weller und des Geh. Kammer=Secretärs Burckhard Berlich umgestimmt worden sein.[*] Wie dem auch sei, unterm $\frac{\text{23. Febr.}}{\text{2. März.}}$ 1654 kam an Wagner, von Carlwiz und Person ein churfürstl. Befehl, der alles Erbetene (mit Ausnahme der Mahlmühle) bewilligte, bei wirklichem Anbaue weitere Hilfen in Aussicht stellte und ausdrück= lich bestimmte, daß das Städtlein „Johanns Georgens Stadt" genannt werden sollte (Beil. IV.). So war die Zukunft der Erulan= ten gesichert.

III.
Die Gründung und erste Einrichtung von Johanngeorgenstadt.

Kaum war das Fundationsrescript bei dem Amtshauptmann Wag= ner eingegangen, so drängte er den Amtsschöffer Person, daß dieser den „gnedigsten Befehl" mit ihm schleunigst dem Oberforstmeister Carlwiz mittheilen und dann den armen bedrängten Glaubensgenossen publiciren möchte. Beide schrieben denn auch bereits am 3. März an von Carlwiz. Allein dieser antwortete am 4. März: er könne bei der Publication nicht zugegen sein; auch lasse sich die nothwendige „Con= foration" bei bevorstehender Försterei vornehmen; unterdessen habe er dem Oberförster Winkler zu Eibenstock befohlen, den armen Erulan= ten, die sich bei ihm anmelden würden, „zu ihrem Gott gebe glücklichen Vorhaben die Notdurft an Holze an unnachtheiligen Orthen anzuwei= sen."[**] Ebendeshalb erfolgte die Publication erst am 11. März. Bei derselben bedankten sich die (39) Anwesenden hocherfreut, daß der Chur= fürst sie zu Unterthanen aufnehmen wolle, und zugleich meldeten sich 18 neue Erulanten.[***]

---

[*] Engelschall, S. 24.
[**] Act. cit. Bl. 47. Bl. 28.
[***] Act. cit. Bl. 33. — Unter den Neuangemeldeten waren die beiden Fleischer Joh. Göze und Georg Christoph Schaller von Greßlas, die der 1653 ein= gesetzte kath. Priester durch seine Zumuthungen zur Flucht genöthigt hatte. In Eibenstock nicht angenommen, hatten dieselben am 6. März 1654 bei Wagner und Person Beschwerde geführt. Act. cit. Bl. 29

Sobald nun „umb des Schnees und Frosts willen darzu zu ge=
langen" war, begaben sich die churfürstl. Commissarien auf den Fasten=
berg, um gewisse Räume und Plätze abstecken zu lassen und den An=
bauenden, deren sich inzwischen beinahe 100 angegeben hatten, anzu=
weisen. Sie begannen damit am 1. Mai 1654 und bedienten sich da=
bei eines Grundrisses, den Zacharias Georg, Schulmeister zu Schwar=
zenberg, geschickt angefertigt hatte. Man ersieht Dies aus dem Bitt=
schreiben, welches Georg unterm 27. Juli 1654 an den Churfürsten
richtete. Darin sagt er: „... die Erulanten meine lieben Landsleute
„haben mich zum Abzugk und Grundtlager erfordert ... Also ist darauff
„in Gottes Namen in Anwesenheit tit. Veit Dietrich Wagner, Georg
„Wolff von Carlowitz und Christian Person zu solchem Abzugk und
„Grundtlager den 1. May ieztlauf. Jahrs der Anfangk gemachet, auch
„folgends alles richtig abgezogen und in seine Ordnung durch mich
„unwürdigen gebracht worden;" er habe aber bei dem Abzuge wegen
Rauhe des Waldes, Vielheit der Stöcke, auch mit gegenwärtigem mit
Fleiß, auf Befehl der Beamteten, verfertigten Abriß nicht geringe Mühe
angewendet und zur Zeit die wenigste Ergötzlichkeit dafür erlangt; des=
halb bäte er, ihn mit einem Geschenk „zu besserer Fortfristung und
Unterhaltunge seiner armen kleinen und unerzogenen Kinder aus dem
Ambte Schwarzenbergk zu afficiren und zu begnadigen."*) Unmittel=
bar nach der Anweisung griff man den Bau an, so daß bereits am
10. Mai die Thürschwelle zu dem ersten Hause am Markte gelegt wer=
den konnte. Freilich aber gab es bei dem Baue große Schwierigkeiten
zu überwinden. Denn abgesehen davon, daß die Säuberung des dicht=
bewaldeten Berges von Stöcken und Hügeln nicht geringe Mühen und
Unkosten verursachte, **) so war man anfänglich auch wegen des Man=
gels an Wasser und Lehm in Verlegenheit und hatte sich nur zu bald
über Fahrlässigkeit und Uebertheuerung Seiten der gedungenen Werk=
und Handwerksleute zu beklagen; dazu kam, daß Manche wegen Geld=
mangels den Bau gar nicht beginnen konnten, oder aber, von dem
zeitig eintretenden Winter überrascht, in ihren halb vollendeten Häus=
chen (einige derselben, sogar am Markte, entbehrten acht Jahre lang
der Fenster) sich mußten beregnen und beschneien lassen. Indeß fand

---

*) Act. cit. Bl. 42. 74. — Georg erhielt durch Befehl vom 9. Aug. (Beil. VI.)
24 Thaler; von den Erulanten hatte er schon vorher 10 Thaler erhalten.

**) Allein auf dem Marktplatze, der den Flächenraum eines Ackers hat, waren
1690 größere Bäume zu roden. Uebrigens ließen Mehrere die Stöcke vor ih=
ren Häusern zum Andenken stehen, bis der Rath 1662 die Wegschaffung an=
ordnete. Engelschall S. 42 fg.

man wenigstens des Wassers in Hans Demuth's Hause und des Lehms beim Grundgraben allenthalben bald genug, *) und an die Arbeiter erließ der Amtsschösser unterm 24. Juli 1654 eine ernste Verwarnung; auch wurde durch Verordnung Wagners und Person's von demselben Tage dem schon seither „zum Schutze der Anbauenden berufenen Gregor Röber, gewesenen Richter zur Platta, zu Beförderung des Communwesens, auch versicherung vor unbilliger Gewalt" vorläufig das Richteramt übertragen und ihm als Affessoren Augustin (nicht Johann) Löbel, Matth. Weigel, Gabriel Hammerdörffer, Kilian Epperlein, Johann Weigel und Daniel Horbach beigegeben. **) Ueberdies suchten sich nachmals Einzelne die Unterstützung des Auslandes zum Aufbaue ihrer Wohnungen zu verschaffen. So baten am 18. Febr. 1655 Georg Hütter, gewesener Berggegenschreiber zu Platten, und Johannes Schürer den Amtshauptmann Wagner, er „als ein liebreicher Erbarmer armer Erulanten" möge ihnen im Amte Schwarzenberg ein Attestat auswirken, damit sie Beisteuern in Hamburg, Lübeck, Holstein und Dänemark, „wo sie ziemlich bekand," sammeln könnten, eine Bitte, der W. gern Gehör gab. ***). Bedenkt man nun, daß eben dieser Wagner „alle Zeit den Stadtbau zu befördern sich höchsten Fleißes, Tags als Nachts, angelegen sein ließ,"†) so wird es begreiflich, wenn bereits Ende Juli 1654 40 Häuser ziemlich vollenbet und Anfang Juni 1659 deren 150 vorhanden waren.

---

*) Weber (Ehrenseule Blatt M. 3.) sagt: „wie viel würden ihre Häuser haben müssen ungebauet lassen, ja gar wieder davon ziehen, wenn sie hätten sollen (wie vor dieser Zeit geschehen, da das Hammerwerk auff der deutschen Seiten angefangen worden zu bauen) den Läim, damit man das Klebrig macht, und die Häuser kleibet, von der Platten erst lassen herunter führen? Es würde den Meisten unmöglich sein gewest, zu erschwingen, so schaffete GOtt, daß, wo man hier auff dem anbauenden Platz hinein grub, eine solche Läimichte und Thonichte Erde sich befand, welches zum Klebrig gar wohl diente, fest und zehe war, dessen hernach Alle brauchten. Sehet, so machts GOtt, daß wirs können ertragen."

**) Act. cit. Bl. 64. 65 fg.

***) Wagner schrieb d. d. Obersachsenfeld 20. Febr. 1655 an den Schösser: die Beiden wollten „bei ihren Befreunden, so im Land zur Hollstein, zue Bergaw ohnfern Hamburgk, GlückStadt, selbiger gegent sich häußlichen niedergesetzet," einer christl. Beisteuer genießen; er seinerseits wolle ihnen „ein Handtbrieflein an den Gottorffischen OberHoffMarschalch v. Güntherodt, seinen alten vertrauten Freund" mitgeben. Act. cit. Bl. 101 fgg. Das Attestat findet sich Bl. 102.

†) Brief Kil. Epperlein's an Joh. Georg II. d. d. 9. Juni 1659. Act. cit. Bl. 152 fgg.

Schon vor Beginn des Baues aber hatte man nach einem Seel=
forger sich umgethan. Unter Bezugnahme auf die am 23. Febr. er=
haltene Erlaubniß, einen Pfarrer anzunehmen, zeigten Kil. Epperlein,
Matth. Weigel und Christoph Roth im Namen der Erulanten dem
Churfürsten am 25. März 1654 an: „Nun giebt sich ein solches sub=
jectum bey uns an, so des iezigen Pfarrers zu Schwartzenbergk Sohn
ist, mit welchem wir nicht alleine seiner Predigten undt sonsten der
Persohn halber wohl zufrieden sein können, Sondern Er will auch
noch über Dies unsre Kinderlein informiren...;" derselbe habe sich
vorlängst im Obern Consistorio examiniren lassen, sei ihm auch ehiste
Beförderung promittiret worden. Darauf erging an den Superinten=
denten Lic. Seybel zu Annaberg und an den Amtsschöffer der Ober=
consistorialbefehl d. d. Dreßden den 3. April 1654: Policarpum [sic]
Webern eine Probepredigt verrichten zu lassen und ihm nach Befin=
den die Vocation zu besagtem Pfarramt auszuantworten; der Superin=
tendent solle ihn wegen des examinis, ordination, confirmation und
Investitur an das Oberconsistorium remittiren und weisen, wegen des
Unterhalts aber mit den Pfarrkindern gewisse Vergleichung treffen. *)
Ob nun gleich Seybel die Probepredigt zum Sonntage Jubilate und
dann zum Sonntage Vocem Jucunditatis (30. April) ansetzte, so
trat doch eine Verzögerung ein, theils weil die Parochianen am 27.
April die unerwartete Entschuldigung vorbrachten, es wäre noch kein
Haus für den Pfarrer vorhanden, theils weil Caspar Wittig sein
ursprüngliches Anerbieten, auf seinem neuen Hammerwerke nicht nur
die Probepredigt ablegen, sondern auch nachmals bis zum Kirchenbaue
den Gottesdienst halten zu lassen, aus Besorgniß um sein auf kaiser=
licher Seite gelegenes Hammerwerk Breitenbach **) zurücknahm.
Erst, nachdem der Schöffer am 22. Mai ein scharfes Schreiben erlas=
sen hatte, fügte sich Wittig, und konnte nun Weber am 4. Sonnt.
nach Trin. (18. Juni) seine Probepredigt, am 8. S. n. Trin. seine
Antrittspredigt in einer Stube des Wittig'schen Wohnhauses hal=

---

*) Act. cit. Bl. 38. 39.

**) Das Hammerwerk Breitenbach (früher auch „Ziegenschacht" genannt),
am Bache gleiches Namens unmittelbar an der sächf. Grenze gelegen, war
1570 von den Plattenern gegründet worden und 1643 an Caspar Wittig
(nicht Wittich) übergegangen. Als die Verfolgung der Evangelischen in Böh=
men heftiger wurde, suchte W. um die Erlaubniß nach, zugleich auf sächf.
Seite ein Hammerwerk zu errichten, erhielt dieselbe durch Befehl vom 28.
Mai 1651 und nannte dann dies neue Werk Wittigsthal. S. Engel=
schall S. 277 fgg.

ten. *) Bald jedoch nahm die Seelsorge den neuen Pfarrer, in dessen Beichtstuhl auch viele in Böhmen zurückgebliebene Lutheraner oder deren Kinder kamen, so in Anspruch, daß er den Unterricht der Jugend nicht mit versorgen konnte, und bereits 1654 dem aus Platten gebürtigen stud. theol. Johann Georgi das Schulmeisteramt übertragen werden mußte; wie denn aus demselben Grunde, und da die Einwohnerzahl zusehends wuchs, im Jahre 1665 die Anstellung eines Diakonus nöthig ward. **)

An den Bau der Kirche, Pfarrwohnung, Schule und des Rathhauses konnten die Erulanten im ersten Jahre freilich noch nicht gehen, so gut sie auch wußten, daß dies Alles „zu Aufrichtung einer vollkommenen Gemeinde" vonnöthen sei; war doch für die unentbehrlichsten Lebensbedürfnisse noch nicht Rath geschafft! Zunächst daher richteten sie am 22. Juli 1654 eine Bittschrift an den Churfürsten, in welcher sie, unter Hinweisung auf den begonnenen Anbau, um einen Ort zu Anlegung einer Mahlmühle, um ein Stück Gemeindeholz, um einen Erbraum für jeden Bürger (da ihnen zur Zeit nur die Baustätten angewiesen worden seien), um Herstellung der Wege und Straßen durch die anstoßenden Wälder, um freies Brennholz für ihre Kirchen- und Schuldiener, so wie um zwei Schragen jährlich für jeden Bürger gegen das gewöhnliche Schreib- und Anweisegeld, um Befreiung von der Tranksteuer (auf etliche Jahre) und den Jagddiensten, endlich um Feststellung der städtischen Gerechtigkeiten und Einsetzung einer Obrigkeit nachsuchten (Beil. V.). Johann Georg I. aber, der den Anbauenden ferner an die Hand gegangen wissen wollte, gewährte durch Befehl d. d. Colditz 9. Aug. 1654 die meisten dieser Bitten (Beil. VI.) und verlangte nur hinsichtlich einiger weiterer Erörterungen seiner Beamteten. Letzteres hatte allerdings die Folge, daß Manches erst unter Johann Georg II. zur Ausführung kam, Anderes nicht in dem gewünschten Umfange zugestanden wurde. So ward erst am 13. Febr. 1662 (aber trotz des ungünstigen Berichts des Oberforstmeisters v. Carlowitz und des Schössers Johann Rudolph Person vom 16. Juni 1661) „eine Circumferenz von 13989 Doppelschritten zu Erbräumen und Hutweide," vorläufig auf 6 Jahre ohne Erbzins, bewilligt. ***) So erhielten ferner die Johanngeorgenstädter

---

*) Act. cit. Bl. 40 fg. 44 fg. 57 fgg. Weber Ehrenf. Bl. F. 2.

**) Das Collaturrecht über die geistl. und Schulstellen erhielt der Rath unterm 14. März 1656.

***) Act. cit Bl. 190. 215.

auf ihr öfteres Ansuchen zwar wiederholt Erlaß des Waldzinßes für Bretbäume und Brennholz, wurden jedoch am 13. April 1663 bedeutet, den Churfürsten mit weiterem Suppliciren in diesem Puncte nicht zu beunruhigen, „sintemal wir unsers Ambtes Schwarzenberg Holzeinkünfte ferner schwächen Zu laßen nicht gemeinet," und als sie trotzdem ihre Bitte erneuerten, so erfolgte der Bescheid, sie hätten sich jährlich mit 250 Schragen einschließlich der Brennhölzer für Kirchen- und Schulbiener zu begnügen, und könne Gnadenholz zum Bauen ferner nicht gewährt werden. *) Dagegen wurden ihnen die Statuta und Stabtgerechtigkeiten am 14. März 1656, also noch von der Hand Joh. Georg I. verliehen (Beil. VII.), unter denselben das Recht, Bürgermeister, Richter und Rath zu wählen, die Erb- und Untergerichte, **) ein Stadt-Insiegel ***) 2c. Von dem zuerst aufgeführten Rechte machte man denn auch bald Gebrauch und wählte am 21. Novbr. 1656 Johann Löbell sen. zum Bürgermeister, Gregor Röber zum Stabtrichter, Gabr. Hammerdörffer, Matth. Weigel, Kil. Epperlein, Dan. Horbach, Zacharias Klaßmann (Glaß-

---

*) Interessant ist der Bericht, den v. Carlowitz und der Schöffer Rachals am 23. Mai 1665 an den Churf. erstatteten. Darin heißt es: „wenn jedem Bürger zur JGStadt, deren anizo in die 200 sind, ezliche Schragen oder Clafter frey verwilligt werden solten, würde es Jährlichen der Churf. Holznuzung zu mercklichem praejudiz gereichen," zumal da auch die Hammerwerke Viel brauchten; hinsichtlich des Bauholzes wollten die JGStäbter „die Befreihung vom 23. Febr. 1654 gleichsam in infinitum verstehen, und auch die, so bereit vor 3. 5. 6. 10. Jahren ihre Häufer gebauet, wollten das Bauholz zu Hinter- und Nebengebäuden keineswegs bezahlen," obschon im Befehl vom 23. Febr. 1654 nur von „etwas" und „waß er zum anbau nothwendig bedürffe" die Rede sei. Act. cit. Bl. 247 fg. 256.

**) Ueber die Erbräume, sowie die vor erlangtem Stadtrecht erbauten Häuser und die Mahlmühle erhielt der Rath unterm 4. März 1662 die Obergerichte. Act. Bl. 216.

***) In dem Insiegel sieht man eine Stadt, unter derselben ein kleines Schild mit Schlägel und Eisen, um den Rand: „Johann Georgen Stadt Insiegel" Als man dies dem Churfürsten bei seiner Anwesenheit (12. Juli 1661) auf Befragen mittheilte, resolvirte er bei Tafel: „Weil diese neue Stadt vom Churhause Sachsen dependirte, solle dieselbe künftiger Zeit den Sächs. Rautenkranz und die Chur Schwerdter zu ewigen Gedächtniß gebrauchen und in das Stadt-Insiegel zu beiden seiten des Thurms graben und stechen lassen." Unter dem 11. Febr. 1662 bat nun der Rath, da dieser Resolution ohne schriftliche und anderweite gnädigste Concession sich zu bedienen bedenklich erachtet werde, um schriftliche Concession hierüber. Diese aber scheint nicht ertheilt worden zu sein Act. Vol. 9874. (HStA.) Bl. 4.

mann), Joh. Spengler, Paul Hammerdörffer und David Schürer zu Beisitzern, eine Wahl, welche am 3. Decbr. die Bestätigung der Churfürstl. Landesregierung erhielt. *)

Zum Kirchenbaue schritt man im Frühjahre 1655 um so rüstiger, als die Wittig'sche Stube nicht mehr Raum genug bot. Schon im Jahre zuvor hatten Wagner und Person ein Oberconsistorialpatent erwirkt, welches milde Beisteuern zur Aufrichtung der Johanngeorgenstädter Kirche und Schule empfahl, denn auf Grund dieses Patents bat der Schösser am 27. Juni 1654 den Professor Dr. Wendler zu Wittenberg, „seinen popularis und domesticus contubernalis in statu academico," er möge eine Sammlung beim collegium ecclesiasticum bevorworten, und am 24. Septbr. 1654 ersuchte er den Consistorialrath und Prof. Dr. Hülsemann zu Leipzig, die Veranstaltung einer Collecte in der ersten Meßwoche zu vermitteln, mit dem Bemerken: man rechne sonderlich auf Leipzig, daß es „als primarius celeberrimusque locus seine Clemens und commiseration beweise." **) Unterm 28. März 1655 stellte nun der Rath höheren Orts vor: die Kirche solle gebaut werden, mit Thurm 61, ohne diesen 52 Ellen lang und, die Mauer eingerechnet, 32 Ellen weit; dazu wären 80 Faß Kalk demnächst anzufahren, und bäte man, daß die Amtsunterthanen die Anfuhre leisteten. Eine Verordnung des Oberconsistoriums vom 4. Mai war günstig, und so erließ denn der Amtsschösser am 12. Juni an fünfzehn Gemeinden die Vermahnung, jene Fuhren zu thun. ***) Gleichzeitig hatte man in der Nähe gute Steinbrüche entdeckt, †) so daß

---

*) Die Genannten und mit ihnen 41 Andere hatten schon zuvor am 22. Septbr. 1654 den Bürgereid geleistet; Viele jedoch waren um diese Zeit noch nicht in Pflicht genommen. Act. Cap. I. C. No. 10. Bl. 89 fg.

**) Am 27. Septbr. antwortete Hülsemann, ein oder zwei Bürger möchten mit Quittung des Pfarrers und der Kirchväter nach Leipzig kommen. Act. cit. Bl. 88. 91. 99.

***) Die Gemeinden waren: „Lauter, Awe, Stuzengrun, Schonheyda, Sosa, Bucka, Bermsgrun, Crandorff, Breitenbrunn, Großpöhla, Dorfstädtel, Mitweyda, Oberscheuba, Crotendorff, Neudorff." Bei der Insinuation bat Crotendorff um Verschonung, da es selbst zu bauen habe. Act. cit. Bl. 107. 113 fg.

†) Weber Ehrenf. Bl. M., 3.: „Bei Gott ist kein Ding unmöglich, wie er denn solches schon erwiesen, indem er gute und stattliche Steinbrüche offenbaret, da man sonsten den Kirch-Bau mit einer Mauer in die Höhe zu führen wol hätte müssen unterwegen lassen, daß man selbsten stracks in der Nähe hat können Steine lassen brechen, und viel, so wegen Geldmangels nicht bauen und ihre Handwercke treiben können, mitler Zeit durch solch Mittel, als

der Grund bereits am 10. Mai 1655 gelegt werden und dann der Bau, abgesehen von einer durch commissarische Erörterung im Juli sofort wi= derlegten Denunciation, daß der Bauplatz auf kaiserlichem Gebiete liege, und von einem Brandstiftungsversuche zweier Böhmen, *) ungestört fortschreiten konnte. Am 15. Febr. 1657, nachdem inzwischen auf das Gesuch vom 20. Aug. 1655 eine churfürstl. Beihilfe von 600 Fl. be= willigt worden war, erfolgte die feierliche Einweihung der Kirche, bei welcher der Superintendent Lic. Georg Seydel zu Annaberg die Pre= digt über Pf. 84, 5. hielt. Ueber dem Haupteingange hatte man die paſſende Inschrift angebracht: Jesus nobiscum state. **) Gleich nach Vollendung des Baues wurde übrigens die bisher nach Eibenstock ge= pfarrte Zugeler Glashütte mittelst Befehls vom 20. Febr. 1657 zur Parochie Johanngeorgenstadt geschlagen. ***)

Für den Ausbau der Kirche und für heilige Geräthe sorgten theils der Churfürst und dessen Gemahlin, theils andere „gutherzige Leute;" allein so dankbar Dies Rath und Gemeinde in dem trefflichen Schrei= ben rühmten, das sie Johann Georg II. bei seiner ersten Anwe= senheit in Johanngeorgenstadt am 12. Juli 1661 überreichten, so klagten sie doch ebenda, daß ihnen noch manches Nöthige fehle, und baten, der Churfürst möchte ihnen ein oder zwei größere Glocken ver= ehren, überdem aber zu völligem Aufbau ihres „angefangenen" Kirch= thurms, so wie zum künftigen Rathhausbaue das „hiesige Zoll und Licent-geldt" auf eine gewisse Zeit verwilligen (Beil. VIII.). Was nun die erbetenen Gelder betrifft, so schenkte der gütige Fürst wieder= holt und auf mehrere Jahre die Hälfte der Einnahme. †) Gleichwohl, und obschon außerdem auf Verwendung des Churprinzen und des Ober= hofpredigers eine — freilich unergiebige — Collecte in Dänemark ge= stattet wurde, schritt der Kirchthurmbau sehr langsam vorwärts und

---

Steine brechen, etwas erwerben, und sich doch ernehren und das tägliche Brot haben können."

*) Engelschall S. 61. 137.

**) Darunter die Worte: „Weil in Verfolgung viel bey Christo sind geblieben: Und die Religion die Plattner hat vertrieben: Macht ihr Exilium, daß hier durch Gottes Gnad Gebauet wurd die Kirch und Johann Georgenstadt."

***) Oettel a. B. S. 45.

†) Daher verlangte Johann Georg II. d. d. Dreßden 27. März 1666 von dem Kammerpräsidenten und Räthen Bericht darüber, ob die von den Johanngeor= genstädtern nachgesuchte Prolongation der bewilligten Geleits= und Licentgel= der noch weiter zu gestatten sei? Act. (HStA.) Vol. 9874. Bl. 3.

4

warb erst im Aug. 1713 äußerlich vollendet. *) Was die Glocken an=
langt, so erhielten die Johanngeorgenstädter zu den zwei kleineren, die
sie besaßen, **) erst im Jahre 1671 eine größere von 17 Ctr. Ge=
wicht. Unter dem 28. Juni 1671 baten nämlich „Bergk= und Schicht=
meister, BergkKnappschaftsSteiger, Arbeiter und sämbtliche dem lieben
Bergkwergke Zugethane" den Churfürsten, ihnen „eine mittelmäßige Glocke
zu Marienbergk, so zum andern Geläut nicht einstimmig," und des=
halb zum Einschmelzen nach Dresden geschafft werden solle, als „Bergk=
glocke" zu verehren; es werde dies zu Erhaltung guter Ordnung, Ver=
meidung der Arbeitsverkürzungen, auch Animirung zu größerem Fleiße
und Eifer dienen; zudem ließen sich die Glocken mit zum Gottesdienste
gebrauchen. Darauf erfolgte der Bescheid d. d. Dreßden, 17. Juli
1674: die Glocke solle von Marienberg nach Johanngeorgenstadt ab=
gefolgt werden, diese Verordnung aber habe der Rath zu Marienberg
anstatt der Glocke beim Gießhause zu Dresden einzugeben, worauf
wegen austragenden Metalls weitere Verfügung geschehen solle. ***) Zu
diesem Geschenke fügte der Churfürst im folgenden Jahre noch eine klei=
nere Glocke von 2 Ctr. 43 Pfd. Gewicht. — Der Rathhausbau end=
lich warb mit Hilfe der bewilligten Geleits= und Licentgelder und einer
Wochensteuer von 3 Pfennigen im Febr. 1664 begonnen und im Aug.
1669 vollendet. †) Das Privilegium der Gasthaltung im Rathhause
folgte am 31. Decbr. 1673. In dem bezüglichen Rescripte spricht der
Churfürst zunächst aus, daß jene Gasthaltung „vermöge einer sub dato
den 7. Nov. ao. 1663, wegen der Christof Rothen auf ein Interim
und bis zu erbauung des Rathhauses diesfalls ertheilten Begnadigung,
ergangenen resolution dem Rathe ohne dies reserviret wäre," und
fährt dann fort: „Privilegiren . . . sie [den Rath] demnach aus lan=
„desfürstlicher Macht und von Obrigkeit wegen hiermit und Krafft die=
„ses also: daß nun und hinförder der Rath zu ermelter Johann Geor=
„gen Stadt die Gastung in ihrem Rathhause allein halten zu lassen
„berechtigt, und niemanden, wer der auch sei, einigen andern Gasthoff
„oder Garküchen aufzurichten und ihnen dadurch eintrag zu thun, nach=
„gelassen sein soll . . . Jedoch, daß der Rath . . . mit Fleiß darob

---

*) Engelschall S. 72 fgg.
**) Die eine hatten sie für 7 Thaler erkauft, die andere, 3 Ctr. 19 Pfd.
schwer, vom Hammerherrn Hieronymus Müller zu Breitenhof geschenkt er=
halten. Beide hingen in einem Glockenstuhle auf dem Marktplatze.
***) Act. 9874. Bl. 6.
†) Engelschall S. 98 fgg.

„ſei, daß diejenigen, ſo allda einkehren, jedesmahl ům billige be=
„zahlung, gebührend bewirthet und die Leute nicht überſetzet werden
„mögen . . . *)

Zum Baue eines Schulhauſes, wodurch die bisherige Wandelſchule
beſeitigt wurde, kam es nicht eher als im Frühjahre 1666 und zu
Anſtellung mehrerer Lehrer erſt ſeit dem Jahre 1688.**)

Wie fröhlich aber das Städtlein trotz anfänglicher Nöthe und Küm=
merniſſe nachgerade gedieh, da immer mehr Erulanten herbeiſtrömten
und der Ertrag des Bergbaues namentlich um das Jahr 1670 merk=
lich ſich ſteigerte, das bezeugt mehr als eine Nachricht. So wird
in dem obenerwähnten Schreiben der Bergbeamteten und Gewerken ***)
vom 28. Juni 1671 dem Churfürſten gemeldet: in dem tiefen ſogenann=
ten Neujahrſtolln ſei „ein edler Gang überfahren, davon bereits über
100 Mk. Silber und bisher unterſchieblich Zinn, Wißmuth und Ko=
bolt gemachet und verwogen worden,“ und neue Gänge ließen ſich hof=
fen; vor's andere habe Gott „einen ganz neuen ſehr eiſen reichen Stock
oder Zug Eiſenſtein aufkommen und fündig werden laßen, dergleichen
dieſer orthe noch nie geweſen, dadurch die Böhmiſchen Steine, derer
ſich theils Hammermeiſter ſonſt haben gebrauchen müſſen, ziemblich zu=
rücke bleiben, und E. Ch. D. Zehnden deſto merklicher hierdurch im
Lande geförbert werden kann . . .“; auch zähle dieſer vor wenig Jahren
ganz wüſt gelegene Ort nun ſchon 240 Feuerſtätte, die ſich täglich ver=
mehrten, wie denn im laufenden Jahre allein wenigſtens noch 20 neue
Häuſer aufgeführt würden, da immer neue Mannſchaft zuziehe, die der
Religion halber von Greßlas mit Weib und Kind ſich weg und hier=
her wendeten, „ihr Heil allba auf Gott und bergkmänniſche Hoffnung
zu verſuchen, nicht zweifelnd, Gott wird ihnen allba den Verluſt, ſo
ſie umb Gottes Ehre willig erlitten, und ſich ins liebe Erilium be=
geben, gnädig erſetzen und ihnen ihr ſtücklein Brot dahin gelegt ha=
ben . . .“†) Ferner ſpricht eine Vorſtellung des Raths an den Chur=
fürſten vom 8. Dec. 1679 von 270 eingewanderten neuen Erulanten,
denen „von der Obrigkeit in Böhmen, weil ſie nicht katholiſch gewor=

---

*) Act Vol. 9874.

**) Engelſchall S. 55 fgg.

***) Die Bergreſier Johanngeorgenſtadt war durch churf. Befehl vom 16. Jan. 1662
    von Eibenſtock abgetrennt worden und hatte in Abraham Wenzel Löbell (einem
    Sohne des Bürgermeiſters Johann Löbell) den erſten Bergmeiſter erhalten.
    Engelſchall S. 159 fg.

†) Act. Vol. 9874. Bl. 7. —

den, theils ihre Güter, Bergwerck und Vermögen confiscirt und ein=
gezogen, oder in schlechten Preiß gesetzt, und ohne consens des pro=
prietarii an andere verkaufft, das Geld inne behalten, sondern auch
die Bergwercke, weil dieselben mit katholischen Arbeitern nicht versehen,
aufgelassen worden und unbestellt geblieben sind."*)

Unerfreulich in der Geschichte des aufblühenden Johanngeorgen=
stadt sind nur wenige Vorkommnisse. Hierher gehört vor Allem, daß
drei Erulanten um des Zeitlichen willen schnöde wieder abfielen: Hans
Poppenberger, Melchior Siegel, Peter Kühne (Kuhn), Letzte=
rer noch im Jahre 1662 Rathsbeisitzer und eingeschüchtert durch die
Drohung, daß seine böhmische Farbenmühle würde eingezogen werden,
wenn er sich nicht zur kathol. Religion bequemte.**) Hierher möchte
ich ferner eine Differenz über den Handwerksbetrieb zu Jugel rechnen.
Unter dem 11. Dec. 1674 nämlich hatte der Churfürst auf die Be=
schwerde des Factors zu Jugel, daß die Johanngeorgenstädtischen Hand=
werker mit einem billigen Lohn nicht sich begnügen ließen, und der
Rath auf des Factors Ansuchen solches nicht abstellen wolle, verordnet:
Handwerksleute, welche um das in der churfürstl. Polizeiordnung ge=
setzte Lohn arbeiten wollten, möchten auf landesherrlichem zum Jugler
Werk gehörigen Grund und Boden gegen einen jährlichen Zinß aufge=
nommen und ihnen die ledigen Häuserlein eingeräumt werden; von
dem Meisterrechte sollten sie zwar frei, aber verbunden sein, es mit den
Zünften in einer oder der andern benachbarten Stadt gegen eine leib=
liche Abstattung zu halten. Damit nun waren die Johanngeorgenstäb=
ter so unzufrieden,***) daß sie einem aus Böhmen eingewanderten Schnei=
der, Hans George Fischer, der sich auf der Jugel niederlassen wollte
und bei dem Schneiderhandwerk zu Johanngeorgenstadt zur Aufnahme
meldete, nicht allein seinen Geburtsschein und Lehrbriefe wegnahmen

---

*) Act. 9874. No. 10. In obiger Vorstellung redet der Rath merkwürdig genug
von „also genannten Lutherischen." — Wie wenig übrigens die Verfolgung in
Böhmen ruhte, beweis't auch die Zuschrift des Beamteten in Joachimsthal an
Joh. Gabriel Löbell zu Johanngeorgenstadt vom 26. Septbr. 1678, welche
den Betrieb des diesem gehörigen Hammerwerks zu Breitenbach durch evangeli=
sche Arbeiter verbot, weil „die Königl. Böhmische Hochlöbl. Cammer vermittels
eines d. d. 7. Septbr. ernstlich ergangenen Befehls die bei dem Breittenbach=
schen Hammerwerk fordernde unkatholische Factoren und arbeiter, ingleichen die
Kinder in uncatholischen orthen getauft und die Thoten darin begraben zu wer=
den keineswegs mehr verstatten, sondern ein und anderes waß dem Reforma=
tionswerk zuwider sein möchte, ab und eingestellt wissen will." Act. cit. —

**) Engelschall S. 37.

***) Vgl. Beil. VII. unter Punct 10.

und in die Handwerkslade verschlossen, sondern ihn auch mit des Ra=
thes Bewilligung gefangen nehmen ließen und von ihm 10 gute Gul=
den Geldstrafe verlangten. Der Rath erhielt deshalb einen Verweis
d. d. Dreßden 31. Jan. 1675, aber der Handel spann sich fort und
endete erst mit dem Rescripte vom 31. März 1676, nach welchem die
auf der Jugel sich ansiedelnden Schneider bei der Innung zu Johann=
georgenstadt das Meisterrecht um die gesetzliche Gebühr suchen sollten.*)

Schließlich sei hier noch die landesfürstliche Huld erwähnt, welche
auch einzelne Häuser der Crulantenstadt mit besonderen Privilegien be=
gnadigte, weil deren Besitzer sich um die Stadt wesentliche Verdienste
erworben hatten. Namentlich gilt Das von dem Hause des ersten
Bürgermeisters Johann Löbell und von dem „zu allererst erbauten"
Hause des Stadtrichters und Stadtschreibers Matthäus Allius.
(Beil. IX. X.)

---

*) Act. Vol. 9874. Bl. 11.

IV.
Historische Beilagen.

No. I.

Churfürst Johann Georg I. an Kaiser Ferdinand III.
[Act. No. 7221. Bl. 2.]

Allerdurchlauchtigster,
Allergnedigster Herr,

E. Kayf. Maytt. Kan ich auf Bürgermeister, Richter, Rath und Gemeinde zu
Joachimsthal, wie auch der Berg Städtlein Platten und Gottesgab wiederholetes
wehmütiges und flehentliches anfuchen gehorfambst nicht verhalten, daß mich dieselbe
ganz inständig und aufs beweglichste angelanget, an E. Kayf. Maytt. mit einer un-
tertheniglten Intercession ihnen zu dem ende zu statten zu kommen, damit sie mit
ihren allerunterthenigsten Supplicationen, mit welchen bei E. Kayf. Maytt. sie ehist
in gehorsambster Schuldigkeit einzukommen vorhabens sein, allergnedigst gehöret,
und ihnen das exercitium Religionis Augspurgischer Confession hinfüro noch ferner aus angeborner Kayserl. gütigkeit nachgelaßen werden möchte,

Nun dann E. Kayf. Mayt. allergnedigsten Huldt und affection ich genugfam
versichert bin, und in dergleichen fällen dieselbe mehrmals höchst rühmlichen verspüret
habe, E. K. Mayt. sich auch bey den Oßnabrüggischen Tractaten selbst allergnedigst
ercleret, daß Ihr Keineswegs zuwidersein solte, wenn vor einen oder den andern
orth der Augspurgischen Confession Verwandte vorbitte eingeleget würde, So habe
ich mich durch der Imploranten unableßiges anhalten umb so viel besto eher darzu
bewegen laßen, Zumal weil mir ein anders nicht bewußt ist, denn daß sie sich bißhero aller Trew, Pflicht, gebür, und Schuldigkeit erwiesen, ihres thuns und des
löblichen Bergwergs fleißig abgewartet, was ihnen zu entrichten obgelegen und möglichen gewesen, willig abgestattet, und sich allwege still, friedlich und eingezogen
verhalten, Ingleichen werde ich auch bestendig berichtet, daß sie die Freyheit der
Religion von anfang vnd theils biß an die hundert Jahr geruhiglich gehabt, meine
in Gott ruhende liebe Vorfahren Christmilder gedächtnis bemelte Bergstädtlein Platten und Gottesgabe neben Kirchen und Schulen gleichsamb von Grund auf erbauen
laßen und dieselbige nebst Joachimsthal, welche Stadt ihre Kirche auch ohn einige
frembde Beysteuer selbst aufgerichtet, iederzeit solcher aufrechten devotion unverrückt
verblieben, daß sie genzlichen verhoffen, des unlengst getroffenen Werthen Friedens
und darinnen aufs Neue bestettigten Paßauischen Vertrags sambt der Gewißens
Freyheit würklichen zu genießen.

Gelanget demnach an E. Kayf. Mayt. mein unterthenigst bitten, Sie geruhen über Dero vorige hohe Kayserliche mir erwiesene Clementz und Gnade, dafür ich nochmals unterthenigst danckbar bin, auch diese allergnedigste Huld und Bezeigung hinzuzuthun, und bemelbte 3 BergStäbte alß mir nechstgelegene oerter mit dem freyen Religionsexercitio Augspurgischer Confession sambt einräumung ihrer Kirchen mit ehisten hinwieder zu begnaben, und deßwegen am gehörigen ort ernsten und gemeße= nen allergnedigsten befehlich ertheilen zu laßen, Solches gereichet E. Kayf. Mayt. zum unsterblichen Lob und Dero Königlichen Cammer wegen der Intraden und des eblen Bergbaues zum besten, es werden es auch Supplicanten die Zeit ihres Lebens zu rühmen, gegen ben Allerhöchsten zu vorbitten und umb E. Kayf. Mayt. mit treugehorfambsten schuldigsten diensten zu erwiedern ihnen ieberzeit höchst angelegen feyn laßen, und ich will es gleichfalls vor eine sonderbare hohe Gnabe achten, uub nach euserster möglichkeit zu verschulden gestießen verbleiben, Bin ohne das auch E. K. Mayt. zu treuen gehorsamben unterthenigsten dienste so williast und erbötig alß pflichtig und verbunden. Datum Dreßden, den 29. Octobris Anno 1649.

Johann George, Churfürst.

No. II.

Churfürst Johann Georg I. an Kaiser Ferdinand III.

[Act. No. 7221. Bl. 20 fg.]

Allerburchlauchtigster 2c.

E. Röm. Kayf. und Königl. Mayt. wird sonder Zweifel gebührend vorgetragen sein, was an bieselbe wegen der an meiner Grenze nahe angelegenen BergStädtlein Platta und Gottesgab, welche sich einkommenden Bericht nach bißhero aller Treu, Pflicht und Schuldigkeit besließen und gegen E. Kayf. und Kön. Mayt. in aufrech= ter devotion ieberzeit unverrückt verblieben, am 29. Octobris bes nechstabgewichenen Jahres ich unterthenigst gelangen laßen, in der gewißen Zuversicht, Sie werde über vorige mir erwiesene Kayserliche Hulde und Gnade auch noch diese hinzuthun, und bemelten Städtlein das exercitium Augspurgischer Confession allergnedigst verstatten,

Nun will ich zwar mit mehrerm itzo nicht berühren, was etwa vorbeßen solchen Städtlein vor allergnedigste vertröstung geschehen, wie Sie eine sehr geraume Zeit über, die Religion frey gehabt und daß ich des Silber Kaufs sambt der Zehenden und andern gebührniffen in benenselben, vermöge uhralter Vertrage, berechtiget, wel= che Intraden nebenst dem ganzen BergWerck zu E. Kayf. und Kön. Mayt. und mei= nem mercklichen nachtheill nicht wenig gestopffet würden, wenn sich das BergVolk, wie sichs ungescheuet bereits öffentlichen vorlauten laßet, und von ihme gewis Zubeforgen ist, hinwegbegeben, und die Stollen und Schächte ungebauet liegen bleiben solten:

Setze aber biese und alle andere Motiven, so weitleufftig angeführet werden Könten, vor dißmal beyseit und hingegen mein unterthenigstes vertrauen einig und allein auf E. Kayf. und Kön. Mayt. im ganzen Reich bekandte höchst rühmliche Clemens mit nochmaliger gehorsambster Bitte E. Kayf. und Kön. Mayt. wolle dieß mein wieberholetes suchen allergnedigst vermercken und sich gegen mehrerwehnte ge= ringe BergStädtlein, die weber ihren Nachbarn noch iemanden anders einige Be= schwerbte zufügen, vielweniger die Allergnedigste Concession verhoffenblichen miß=

brauchen werden, des freyen Exercitii halben dermaſſen ercleren, wie es Dero an=
geborne Kayſerliche gütigkeit mit ſich bringet und den armen ohne das bedrengten
und euſerſt erſchöpfften leuten ſambt dem lieben Bergwerck zum beſten gereichet, Das
bin nnd verbleibe umb E. Kayſ. und Kön. Mayt. ich mit allen treuen gehorſamben
unterthenigſten bienſten zu erwiedern, ſo willigſt, erbätig, als pflichtig und Ver=
bunden. Datum Dreßben, den 21. Martii Anno 1650.

Johann George, Churfürſt.

No. III.

Die Exulanten auf dem Faſtenberge an Churfürſt Johann Georg I.

[Act. Cap. I. lit. C. No. 10. Bl. 24. fg.]

Durchläuchtigſter Hochgeborner Gnädigſter Churfürſt und
Herr. Ew. Churfürſtl: Durchl: Haben noch in friſchen gebächtnüß, Wie Sie vnß
Armen Einwohnern Zur Platten vnnbt Gottesgabern, Mit herrlichen vnnbt beweg=
lichen Interceſſionen bey Ihrer Rom: Kayß: vnnbt Königl: Mayt: Vnßern aller=
gnädigſten Herrn, vmb erlinderung vnnbt Zurückhaltung der ſcharffen Päbſtlichen
Reformation allergnädigſt angelegen ſein laßen, Wofür wir (Nunmehr Arme Exu=
lanten) Ewer Churfl: Durchl: in vntterthänigſter Demuth Herzlich Danck ſagen:
Die weil aber Ihr Kayßl: Maytt: gänzlich darauf beruhen, wie in ganzen König=
reich Böheimb, alſo auch Hier, mit der bemelten Reformation fort Zufahren: Alß
haben wir eines Theils Berck=vnnbt Handwerckſleut von der Platten, Welche bieße
Religion nicht annehmen Können, nach viel außgeſtandenen KriegsPreßuren, vollends
vnßer arme Hüttlein verlaßen, vnbt in das Liebe Exilium begeben müßen. Nach
dem nun aber all vnßer armes vermögen dahin, vnd bei vnß nit möglich, etwan in
ander Stäbt oder Gütter ein Zukauffen, vnnbt auch mit vnßern armen Weib vnbt
Kinderlein in der Irre herumb Zugehen ſehr ſchwer fallen thut, bieweil aber Ewer
Churfürſtl: Durchl: albereit Etlichen Exulanten von der Platten, am Faſtenbergk
im Ambtſchwarzenbergk gelegen, Häußer vnnd Hüttlein aufzubawen allergnädigſt
verſtattet: Alß haben Wir vnß (über bemelte 39 Haußwirt ohne derer die noch be=
lieben dahin haben) maiſtens Bergk=vnnbt Handwerckſleut Zuſammen gefügt, Zu
Ewer Ch. D. Negſt Gott-vnſer Hoffnung geſezt vnnbt bedacht, Vnß untter Dero
Churfürſtl: Schuz vnnb Gnadenflügel zu begeben, Bitten demnach in vntterthänig=
ſter vnb gehorſambſter Demuth, Ewer Ch. D. Geruhen allergnädigſt Vnß: vnßern
Armen Weib vnd Kinderlein auch ein Örtlein bießes orts am Faſtenbergk, vnnb
einen ieden ein Häußlein auf Zu Bawen, benebens einen Stück Raumb, vnd daß
Holz Zu Bawen darzu vorehren, vmb einen Leutlichen Erb Zinß aus Gnaden ver=
gönnen vnb zulaßen. Wiewol nun Zwar bießer orth an Eußerſten Ihr Churf. Durchl.
Landen, darzu in Rauhen Wüſten vnb Kalten gebürgen, da nichts dan Stöck vnb
Steine Zu befinden, vnb auch Zuvorhero Niemandt alba gewohnt, als Zwei alte
Berckhäußlein, So ſeindt wir doch gutter Hoffnung, weiln ſich bießes gebürg mit
allerhandt Bergk Artten, alß Silber, Zinn, vnnbt Eyßen, beweißen Thut, (auch
ſich eines Theils albereit ins Feld gelegt,) das ſolches nach Gottes gnädigen willen,

auch mit fleißigen Gebet, schürffen vnbt suchen, beßen Wir vnß den (weil sonst hier Kein andere Nahrung) trewligst wollen angelegen sein laßen, entblößet werden mögte.

Weil aber hier vntter 2. Starcke Meilweges Kein Stadt noch Flecken Zuerlangen, da man sich des heiligen Gottesdienstes, vnbt die heiligen Sacramenta Christi Zugebrauchen erholen Könte, gleich wol vnßere Seelen so lange Zeit in Mangel gestanden, herzlich barnach seuffzen, So würde es auch Alten Krancken vnb vngetaufften Kinderlein, ingleichen so in Todes Nöthen, sich des heiligen Ministerii Zugebrauchen sehr beschwerlich, auch Zue mancher Zeit wegen fernes Wegs, vnbt biß orts Kalten Winters wol vnmöglich, so wol vnßerer abgelebten Cörper Christi Zu begraben vngelegen sein: Wie ban auch Ihrer noch viel, so sich anhero Zuwenden vorhabens, dieser sorgsamben vnb wichtigen vrsachen halber bebencken Tragen. Alß gelanget an Ewer Ch. D. vmb Gottes Ehre auch Zur beförderung vnßer Seelen Heil vnb Seeligkeit willen, auch Zu erlicher erhaltung vnßer Weib vnnbt Kinderlein, vnßer vntterthänigst: bemüttiges Bitten, Ewer Ch. D. wolten vnß dießes orts ein Kirchlein, Gottes Acker, Pfar vnb Schul Zu Bawen, auch einen Christlichen Augsvurgischen Confession verwanden Pfarherrn vnb Schuldiener an Zu nehmen, beneben auch eines Bergkstäbleins Freyheit, Zunfft vnnb Innungen, sambt aller Handwercks gewohnheiten, so wol Bräwen, Mälzen, Schlachten, Backen, schenken, Mahl = vnb Malz = Gangk, auch eine Bretmühl, wo solches am Nehesten vnbt füglichsten ein Zubringen, dießen Ort Zum besten in Kauffen vnb verKauffen frey Zu gebrauchen, aus Churfürstl. Gnaden Allergnädigst vergönnen vnb Zulaßen: Bevorab weil es Keiner Stad noch Zunfft Zu nahe, vnbt daßelbe auch ein ganz Newer anfangk vnb baß ansehen hatt, baß sich noch viel solcher betrengter, verfolgter, auch andere Leuthe, mögten anhero wenden (weil solches ohne aller männigklisches schabe beschehen) baß bas Ort an Leutten vnb Berckwergk wol Zunehmen mögte, wan es von Ihrer Ch. D. aus Gnaden mit der Jagt vnb derselben beschwerlichkeit verschonet würde, warumb wir auch demüttigst vnb vntterthänigst Bitten, Maßen dieße gegent noch ganz vngenießlich, auch aufs Newe alles müße geräumbt vnb erhoben werden.

Wie wol nun dießes vnßer Christliches fürhaben ins Werck Zu setzen vnß nit in vermögen, Alß Bitten wir vmb Gottes Barmherzigkeit willen, C. Ch. D. wolten solches in vngnaden nicht vermercken, vnb baß, was aus Gnaden, von Ihr. Ch. D. Zu Bräuen vergönnet, den gewönlichen Vier Zehenten auf etliche Jahr Alß eine Christliche BeiStewer dem vorhabenden Werck Zum auf Bawen, wie den auch Zu erhaltung der Kirch = vnb Schul = Diener auß Gnaden darzu verehren, bis der Liebe Gott, dieße Gemeine mögt vermehren, baß Liebe Berckwergk segnen, vnb in beßern aufnehmen, vnb wolstand gelangen mögte, Seindt also der aller vntterthänigsten vnb vngezweiffelten Hoffnung, C. Ch. D. werden Vnß mit Gnädigen Augen ansehen, vnb mit einer gewündschten Resolution erfrewen, Wie nun solches C. Ch. D. zu Zeitlichen vnb ewigen Lob vnb Ruhmb gereichen thut, alß wird auch vnßer Heiland Jesus Christus am lieben Jüngsten Tage alle Gutthat seinen Armen Gliedmaßen erzeiget, C. Ch. D. in ewigkeit vnb herligkeit reichlich belohnen, vnb wir als getrewe vntterthanen sambt vnßern Nachkommen, wollen in allen schuldigsten vntterthänigsten Gehorsamb, vnb fleißigen Gebet Zu dem lieben Gott, vmb C. Ch. D. sambt aller Dero Gnädigsten Churfürstl: angehörigen langes Leben, friedlichen vnb Glückseeligen Regierung, die Zeit vnsers Lebens sein vnd verbleiben. Datum Fastenbergk, am 12. Febr. Anno 1654 Jahres.

Ewer Churfl: Durchl:
Vntthänigste vnnbt Gehorsambste.

Hier Negst folgen die vnterschriebene, Welche albereit eingewiesen vnd gebawet haben, wie Zu ersehen:

Matthias Weigel,	Cilianus Eyerlein,	Johann Roth,
Georg Preußler,	Melchior Horbach,	Hannß Poppenberger,
Johann Wildt,	Davidt Schürer,	Caspar Perntt.*)
Christoff Meißner,	Andreas Franck,*)	

Anizo folgen die vnterschriebene, Welche Supplicando noch Zu Bawen begehren, Alß:

Greger Röber,	Paulus Hammeidorffer,	Johann Löbel d. Jüngere,
Daniel Horbach,	Johann Horbach,	Abrahamb Löbel,
Johann Weigel,	Christoph Roth,	Johann Demuth,
Gregorius Geßner,	Balthaßer Vlman,	Paulus Vlman,
Christianus Häußer,	Georg Schlegel,	Johann Ludewig,
Johann Daschner,	Christof Heinz,	Andreas Georg, Junior.
Johann Helmich,	Johann Ruppelt,	Paulus Friederich,
Paulus Schmiedel,	Michael Eyerlein,	Hannß Harzer,
Marttin Bawer,	Christoff Häime,**)	Matthes Friederich,
Johann Franck,	Johann Pöhler,	Caspar Richterin,
Nickel Ludewig,	Michael Marckert,	Georg Marckert,
Christoff Rönner,***)	Andreas Hoffmann,	Christianus Schmidt,
Johann Flaberer,	Hannß Krauß,	Siemon Köhler.

No. IV.

[Act. Cap. I. lit. C. No. 10. Bl. 23.]

Von Gottes Gnaden Johann George, Herzog zu Sachßen, Jülich, Cleve und Berg ꝛc. Churfürst ꝛc.

Vester, und lieben getreue, Was an Uns die Exulanten von der Platten wegen ihres am Fastenbergt vorhabenden Anbaues wehemütig und unterthenigst gelangen laßen, Das habt ihr aus dem Inschlus mit mehrern Zuersehen;

Wie nun diesen armen betrengten leuthen billich an die hand Zugehen: Also haben Wir gnedigst bewilliget, Daß Sie eine Kirche, Gottesacker, Pfarr und Schulen daselbst aufbauen, und mit Unsers Obern Consistorij vorbewust und einwilligung einen Pfarr= und Schuldiener annehmen mögen, Seind auch gnedigst Zufrieden, Daß ihr einem ieden, der dies orthes an= und aufbauen will, gegen einen leidentlichen Erbzins ein gewißes Stück-und etwas an Holz, beßen er Zum anbau noth=

---

*) ? Andreas Schuitheß, Caspar Clauß (s. oben S. 38 fg.).
) aL Hähme. *) Rönnert.

wendig bedürfftig, ohne Entgeldt anweisen, und das Städtlein, welches Johanns Georgens Stadt hinfüro genennet werden soll, den andern Berg Städten gleich, mit aller Freyheit, Zunfft und Innung, Handwergs Gewohnheiten, Brauen, Mal-zen, Schlachten, Backen, Schencken, und einer bretmühlen versehen möget, Wir wollen uns auch der Biersteuer halben, wann Wir den würcklichen Anbaw verspü-ren, gebetener maßen Zubezeigen, und auf euern vorgehenden unterthenigsten Be-richt mit seiner gnedigsten Concession heraus Zulassen wißen. Daran geschiht Un-sere meinung, Und Wir seind euch mit gnaden gewogen. Datum Annaeburg, am 23. Februarij Anno 1654.

Johann George, Churfürst.

Dem Besten Unserm Haubtman der Ämbter Schwarzenberg und
    Grünhain und lieben getreuen Veit Dietrich Wagnern zu
    Sachßenfeld, Obristenleutenanten: George Wolffen von Carlwiz
    zum Rabenstein: und Christian Person, Schöffern zum
    Schwarzenberg.

Präs. den 2. Martij.
  ao. 1654.

No. V.

Die Exulanten zu Johanngeorgenstadt an Churfürst Johann Georg I.

[Act. Cap. I. lit. C. No. 10. Bl. 76.]

... Wie hoch E. Ch. D. durch Dero vnterm dato Annaburg am 23. Februarii izt lauffenden jahrs vf vnser vnterthänigstes suppliciren, ertheilten gnädigsten befehlich vnd concession Zu erbauung eines neuen Berg Städtleins auf E. Ch. D. Ambt Schwarzenberg grund vnd boden, alß auch genießung vnterschiedener darzu bedürffen-der Freyheiten vnd requisiten, vnß armen vertriebene vnd verfolgte Exulanten sambt vnd sonders erfreuet, vnd wir dadurch bey vnßer Gewißens angst gleichsam wieder aufgerichtet worden, werden wir alhier in diesem irrdischen thränen thal Zeit vnsers lebens nicht gnugsam beschreiben, sondern einsmals in jener vnvergänglichen Herr-ligkeit vor aller Welt noch voll lobs vnd danckens vnvergeßen sein vnd bleiben, Be-vorab, weil E. Ch. D. in izt angeführter hoher begnadigung sich noch ferner dahin gnädigst resolviret, Daß Dieselbe, wofern würcklicher anbaw Zuspüren, vnß arme vmb des wahren Worts Gottes willen verjagte leuthe mit fernern gnädigsten con-cessionen begnadigen wolten ...... nachdem E. Ch. D. bestalte Herren Beambte (so bald vmb des schnees vnd frosts willen darzu Zu gelangen gewesen) sich Zu vns begeben, den plaz in augeuschein genommen vnd darauf eine abtheilung der Kirchen, Gottesacker, auch Rathhauses vnd anderer gemeinen gebäuden, nebenst dem Marckte, Gaßen vnd bürgers häusere, abgezogen, vnd iedwedern anbauenden, deren numehr allda bis in die 100 sich befinden vnd angegeben, zu seiner gewißen bawstat an: vnd eingewiesen ... (alß haben wir) vnß stracks daran gemacht, die stöcke vnd hügel mit nicht geringen vnkosten daran geräumet, vnd nechst Götlicher verleih-ung noch vor Winters bis in 40. Häuser aufzubringen verhoffen, gestalt die übrigen Zur hernach folge sich auch ganz embsig bemühen .... Demnach vnß aber bey vnfern vorhabenden anbaw anizo folgendes ermangelt, daß vnß nemlich, iedoch ohne vorschreibliche maße, eingereumet werden möchte

1. Ein bequemer ohrt, dahin man eine oder mehr Mahl-Mühlen, nach dem sich die Stadt künftig vermehren vnd volckreich werden möchte, aufbauen könne.

2. Ein stück Holz von tausend doppelten schritten, welches die Gemeinde zu bedürffenden baw Holze der künftig anbauenden, vnd do im Fall ein brand-schaden (: da Gott für sey :) entstünde, zu hegen vnd Zuverwahren hette.

3. Die Huthweide vor vnser weniges Rindviehe, weil Kein ackerbaw anZurichten, Zwischen der alten Jugelbach, am Steinbach herunter bis über das schwarzwaßer, so dann nachm Rabenberg gegen den streit Seiffen Zu, vnd bis an die Kayßerl. Böhmische bereinung, vnd so weit selbige ohne der benachbarten nach-theil sich erstrecken möchte.

4. Jedweden anbauenden bürger Zu seinem Hause einen raum, nahe vmb das Städtlein gelegen, weil Vnß nur die bloßen baustäte sind angewie-sen worden, worgegen wir unterthenigst erbötig vnd schuldig, einen Erbzinß dar-von Zu geben.

5. Ist höchst nötig, daß die durch die nechst anstoßende Wäldere abgegangene freye Wege vnd straßen Zu beförderung der Zu: vnd abfuhre Zur Stadt, hinwiederumb repariret vnd angerichtet werden, Stellen derowegen Zu E. Ch. D. gnedigsten belieben, ob Sie solche durch die benachbarten Aembtere machen, vnd obberührte öhrter vnß gnedigst einreumen laßen wollen, immaßen wir vnterthenig-stes Fleißes hierumb bitten thun.

6. So geruhen auch E. Ch. D. vnßern Kirchen: vnd Schuelbienern ihr bedürfendes Brennholz ganz frey Zuverehren, vnd jeden bürger jähr-lich mit 2 schragen weichen Holze, gegen den gewöhnlichen schreib: vnd an-weise gelde, wie die meisten benachbarten Städtlein genießen, gnädigst versehen Zulaßen.

7. Und nach dem E. Ch. D. in Jhrem gnädigsten rescripto sich gnedigst her-auß gelaßen, of vnßern erfolgenden würklichen anbaw der Biersteuern halben sich gnedigst gegen vnß Zubezeigen, numehro aber, Gott lob, in die 40 Häuser auf-erbauet, vnd deren hinführo noch mehr Zuhoffen sind, So bitten wir hiermit vn-terthenigst vnd demütigst, E. Ch. D. wollen vnß nach Dero beliebung vf etliche jahr der Tranckstreuer befreyhen.

8. Principaliter aber, wenn E. Ch. D. über die albereit vorhin erzeigte Churf. gnade, vnß neue anbauende emigranten, denen ihre Handel vnd wandel einig vnd allein in fremtden landen vnd bergwercken Zusuchen stehet, mit den jagdbiensten befreyheten, in consideration deßen, daß nicht allein die Stadt sich vermehren, sondern auch E. Ch. D. Dero Intraden mehr Zu wachßen, denn es sonsten außer diesem vnerträglich scheinen würde, die jagdbienste, weil wir nicht einheimisch, in manglung des ackerbaues Zubelohnen.

9. Vnd weil Keine Stadt ohne fundamental gesez vnd Obrigkeit beste-hen Kan, bitten wir gleichfalls vnterthenigst, Daß E. Ch. D. vnß, gleich andern bezirckten BergStädten, gesez geben, obrigkeit verordnen, vnd was Dieser neuen Stadt gerechtigkeit sein soll, vnß vnd vnsern nachkommen Zum besten, ein gnedig-stes privilegium ertheilen wolten.

Solche Hohe Churf. gnade, welche zu Fortstellung vnsers Anbauens, als auch
Zu beförderung der lieben bergwerge, mit welchen, dem Allerhöchsten sey Danck,
bey hiesigen ohrte, allerhand gute anweisungen albereit sich angeben vnd finden
laßen wollen, mercklichen gereicht, seind gegen E. Ch. D. mit treuen-schuldigsten
gehorsam wir ieberzeit Zuverdienen bereitwilligst vnd geflißen. **Datum Johann Georgen Stadt am 22. Julii Anno 1654.**

E. Ch. D.

vnterthenigste
gehorsambste vnd
demütigste
Ingesambt anbauenden
Exulanten daselbst.

No. VI.

[Act. Cap. I. lit. C. No. 10. Bl. 75. fg.]

Von Gottes Gnaden Johann George, Herzog zu Sachssen ꝛc.

Vester, und lieben getreue, Daß zu dem neuen Bergk-Städtlein am Fastenberge von den exulanten auf euere vorgehende besicht- und anweisung mit dem anbau ein guter anfang gemacht, Solches haben Wir aus beygefügten Supplicationen
und euerm, des Heuptmans, abgelegten mündtlichen Bericht, auch dem eingege-
benem Abris mit mehrern verstanden; Damit nun denen Anbauenden ferner an die
hand gegangen vnd noch mehr volck an diesen orth gebracht werde: So seind Wir
gnedigst zufrieden, daß ihnen ein bequemer plaz, dahin man eine oder mehr
Mahlmühlen, nach des Städtleins künfftiger vermehrung aufbauen könne, angewiesen, dann ein Stück holz gesuchter maßen geheget, ferner den Einwohnern
vor ihr Rindviehe die Huthweide zwischen der alten Jugelbach und der Böhmischen
Bereinung der Supplicanten vorschlage nach (: woferne sich kein sonderbahr bedencken
darwieder ereignet:) eingereumet werde, Hierüber habt ihr euch wegen des beim
vierdten und fünfften Punct gesuchten Raums und der Straßen halben mit Supplicanten zu vernehmen, und den anerbothenen Erbzins auf ein gewißes Zurichten,
auch euch mit allem fleis Zu bemühen, daß die benachbarten die wege und Straßen reumen helffen mögen. Den Kirchen- und Schuldienern soll, vors Sechste,
das bedürffende Brennholz frey gefolget, solches aber von euch Zuvor auf ein
gewißes moderiret werden, Wie es aber, so viel die bürger betrifft, mit den
andern Städtlein bewand, Derüber sind Wir euere vnterthenigsten berichts ge-
wertig. Damit auch, Zum Siebenden, die Braunahrung an diesem orth in
schwang gebracht, und umb so viel desto eher brauheuser erbauet werden, So wollen Wir iedem brauErben, so sich dieses orthes albereit gesezet, oder nochmahls
sezen wird, semel pro semper Sechs Steuerfreye Bier nach und nach Zubrauen
verstattet und nachgelaßen haben. Wegen der Jagtdienste werden Wir, Zum Achten, Uns künfftig Zuercleren wißen, Unterdeßen seind sie darmit Zuverschonen.
Was zum Neundten die Statuta und andere Berechtigung betrifft, Da habt ihr
albereit vom 23. Februarij nechsthin gemeßenen Befehlich, Und ist hiermit Unser
begeren, ihr wollet die Statuta, Innungen und Befreyungen den andern Berg-

Städtlein gleich einrichten, Zu pappier bringen, Zur Confirmation in Unsere Regierung nacher Dreßden überschicken, und alles dahin richten, Damit dies Städtlein mit Gott und der Zeit Zum Stande gebracht werde, Hiernechst hast du, der Schößer, dem Schuelmeister Zu Schwarzenberg, Zacharien Georgen, wegen des verfertigten und Uns praesentirten Abrißes vier und Zwanzig Thaler-Zuzustellen, und in Rechnung Zuführen, die sollen dir crafft dieses passiret werden, Es geschicht auch an solchen allen Unser ernster will und meinung. Und Wir seind euch mit gnaden gewogen. Datum Colbiz am 9. Augusti Anno 1654.

Johann George Churfürst,

Dem Vesten unserm Hauptman der Aempter Schwarzenberg und Grünhain und lieben getreuen Veit Dietrich Wagnern zu Sachssenfeld Obristenleutenanten: Georgen Wolffen von Carlowiz zum Rabenstein Oberforstmeistern: und Christian Person Schöffern zum Schwarzenberg.

No. VII.

Stadt = Privilegia d. d. 14. Martii 1656.

[Engelschall S. 91 fg.]

Erstlichen, mögen und sollen dies orthes anbauende Exulanten eine Kirche, Gottesacker, Pfarr = und Schulhäuser aufbauen, auch Pfarrer und Schulmeister, so wol einen deutschen Schreiber oder Rechenmeister und Mägdlein Schulmeister, mit vorbewust Unsers Obern Consistorii iederzeit vociren, annehmen und gebrauchen, und soll den Kirchen = und Schuldienern ihr bedürffendes jährliches Brennholz ohne Waldzinß und Entgeldt aus Unsern Hölzern abgefolget werden.

Ingleichen verstatten Wir, Zum Andern, hiermit eine freye Wahl, Bürgermeister, Richter und Rath zu beniemen, und solche Wahl zur gnädigsten Confirmation jährlichen in Unsere Regierung unterthenigst einzuschicken, und soll ihnen nachgelassen sein, ein Rathhaus, Stadtwaage, Salzkasten, Kuttelhoff, Fleisch = und Brodbäncke, auch eine Frohnfeste zu bauen und aufzurichten.

Hierüber verleihen Wir ihnen Drittens, die Erb = oder UnterGerichte, und verstatten ihnen ein groß und klein Stadt Insiegel mit rothen Wachs und einem Schilde, darinnen eine Stadt entworffen (weiln der Name von einer Stadt herrühret) und unter derselben ein kleines Schildlein, darinnen Schlägel und Eisen, und um den Rand die Worte Johann Georgen Stadt Insiegel, gestochen, verfertigen zu laßen.

Haben ihnen auch vors Vierdte, zween freye Jahrmärckte, einen am Sonntag nach Margarethen, den andern am Sonntag vor Catharina, und einen WochenMarckt, aufn Sonnabend wöchentlich mit allen darzu gehörigen Freyheiten hiermit verwilliget.

Wie nichts weniger, Zum Fünfften, so viel Mahlmühlen, als bey dieser BergStadt bedürfftig, nebenst einer SchneideMühlen, wo und an welchen orthe eine oder die andere am füglichsten einzubringen und aufzubauen, mit allen hierzu benötigten Waßern, so wol fließenden Bächen, als Brunnen, Gehäng

und Gespreng, erschrotenen und unerschrotenen Waffern, Reben führung derselben, wie und wo sie am nechsten und füglichsten her zubringen und zuführen
sein mögen, auch daß die Bäcken und Einwohner der Stadt, sonst in keiner
andern, als in des Raths und der Gemeinde Mühlen, ihr Getraide und Malz
zu mahlen, noch sonsten niemand anders eine neue Mühle, ihren Mühlen zum
Nachtheil, zu bauen befugt sein soll.

Weiln auch, Zum Sechsten, die Einwohnere mit schürffen sich ins Feld machen, und, zu Beförderung Unsers Cammer Guts und Bergwercks Intraden,
dahin trachten, wie sie an diesem orthe, vermittels Göttlicher Hülffe, Bergwercke entblösen und aufbringen möchten, inmaßen denn albereit auf vier Zwit-
ter oder Zinn Zechen und Fundgruben, eines, St. Johanns Georgen Fundgrube, die andere, die Hoffnung zu Gott Fundgrube, die dritte, St. Johanns Fundgrube, und die vierdte, uff der Lattenschuppen Fundgrube genennet,
gebauet wird, welche alle viere mit feinen Anbrüchen sich anlaßen, wie auch
in den neu ergrabenen Kellern mit etwas Silber Gut sich ereignen sollen, dannenhero nicht zuzweiffeln, Gott der Allmächtige möchte mit der Zeit dies orthes
höffliche und gute Anbrüche bescheren, Als sollen Sie alle und iede Privilegien,
Nuzungen, Freyheiten, Schmelzhütten, Pochwercken und andere Berechtigun-
gen, die bey andern Berg Städten üblichen und gebräuchlichen, crafft dieses
itzo und inskünfftige iederzeit vollkömmlichen zugenießen haben.

Hierüber haben Sie, Zum Siebenden, alle Wafferfüße oder Brünne, wie
solche in Gerinnen, Röhren oder Gräben, gemeiner BergStadt und dem lieben Bergwerck zum besten, ohne männigliches Verhinderung zugebrauchen, sich
allerdings anzumaßen.

Weiln auch, Zum Achten, dies orths nichts, als lauter Wildniß und ganz
keine Nahrung giebt, hingegen das Anbauen, rotten und reuten viel sauere
Mühe, Arbeit und Unkosten erfordert, und die neuen Anbauenden vielmehr
durch Begnadigungen anzulocken, als mit allerhand Beschwehrung abzuschrecken,
So soll es an diesem orth und mit deffen Einwohnern, gleich den andern Berg-
Städten, wegen der Wolffs und andern Jagden gehalten werden.

Zu desto beffern Abgang des Biers, und künfftiger Zeit der Tranckfteuer Beförderung, sollen, Zum Neunten, die Einwohner des Dorffs Sofa, wie auch
die angrenzenden Waldheuser, so innerhalb der Meil Weges erbauet, und ins
künfftige erbauet werden, ihr von nöten habendes Bier, zum Ausschanck, Hoch-
zeiten, Kindtauffen, und andern Bedürffen, nirgend anders, als zur Johanns GeorgenStadt, bei straff und verlust des eingeschroten frembden Bie-
res sich erholen.

Diese neue Johanns Georgens Stadt, sambt aller derer Einwohner, sollen
auch, Zum Zehenden, mit aller Freyheit, Zunfft, Innungen und
Handwercks Gewohnheiten, Brauheuser, Brauen, Malzen, Schlachten, Backen
und Schencken, Biers und Weins, auch Handthieren und Handeln, nach
ihren besten Nuzen und Ehren befreyhet, und binnen der Meilweges kein Handwercks Meister noch Störer gefördert oder gelitten werden, außer die Handwercks Meister zu Johanns Georgens Stadt, doch, daß der Rath, was ieder
Bürger und Einwohner jährlichen zu brauen befugt sein soll, um mehrer Rich-
tigkeit willen, eintheile, und die Innungs Articul, ehe und zuvor Uns solche
zur gnädigsten Confirmation unterthenigst eingeschickt werden, mit Zuziehung

und Einwilligung des Raths eingerichtet, auch temselben wahre Abschrifft davon übergeben, und Gemeine, Stadt und Bürgerschäfft von den Handwercken
nicht übersetzet, noch der Posterität hierdurch etwas nachtheiliges zugezo-
gen werde.

Diese neue freye BergStadt Johanns Georgens Stadt soll ferner, Zum Eilff-
ten, sambt ihren ertheilten Privilegien keiner nachgesetzten Obrigkeit, als
einig und alleine Uns und Unserer Regierung, als Schrifftsäßig unterworffen,
und von deroselben iedesmahl geschützet und gehandhabet werden.

Wie wir dann auch, Zum Zwölfften, dieser armen Stadt Inwohner, Kinder und Bürgers Söhnen, so zum Studiren tüchtig und geschickt, in Unserer
Land Schulen Pforbta, eine Gnaden Stelle zu haben, hiermit und in Crafft
dieses gnädigst vergönnen und zulaßen.

Hierüber sollen, Zum Dreyzehenden, alle Waaren, die zur Notdurfft des
Bergbaues und den Einwohnern daselbst, in und außerhalb Leipzig verhandelt,
gebrauchet und angeführet werden, sambt allerhand Getraibig in Unsern Landen
und Churfürstenthumb, denen andern BergStädten gleich, Zoll, Geleits und
Accisen frey passiret, gefolget und unbeschweret durchgelaßen, Jedoch darbey
aller Unterschleiff vermieden werden.

No. VIII.

Rath und Gemeinde zu Johanngeorgenstadt an Churfürst Jo-
hann Georg II.

[Act. Vol. 9874. (HStA.) Bl. 1 fg.]

Durchlauchtigster, Hochgeborner Churfürst,

E. Ch. D. verbleiben nochmals Unsere Unterthenigste und Gehorsamste Dienste
der Pflichtmäßigkeit nach ieber Zeit zuvor,

Gnädigster Churfürst und Herr,

Ob zwart gnädigster Churfürst und Landes Vater Dero hochgeehrtester Herr
Vater, Sr. Ch. D. Hochseligen Andenkens, annoch bei Dero Lebzeiten dieser neuen
Stadt hohe und große Gnade erwiesen, herliche Privilegia ertheilet, und alle gnädigste Beförderung erzeiget hatt, so ist dennoch E. Ch. D. in höchstgedachter Sr.
Ch. D. hochsel. Herrn Vaters Christliche Fußtapffen getreten, und dieJenige Gnade,
was diese neue Stadt allbereit erlanget, hinwiederumb gnädigst renovirt, confir-
miret und biß dato Sie vor allen Ihren Mißgönstigen Feinden und Wiedersachern
gnädigst geschützet, Daß Wir demnach wohl sagen Können, der Herr Unser Gott
hatt große ia überschwengliche Gnade ahn Unß gethan, Wan E. Ch. D. Wir
etliche wenig Jahr Zurück Zu führen Unterthänigst molestiren solten und Dieselbte
gnädigst acceptiren wolten, So können Wir Vor Herzens Freudigkeit des Barm-
herzigen Gottes güte und E. Ch. D. seithero Verspührter gnade nicht genugsam
rühmen und Preisen, Dann haben Wir nicht Gott sei ewig lob und banck frei und
ungehindert Zue genießen die reine und unverfälschte Seelenspeise, daß wo anizo
Unser Kirchlein stehet, Vor der Zeit so ein dicker Waldt gewesen, Darinnen sich
die wilden Thiere auffgehalten haben. Ach der großen und unausprechlichen gnade,
seufftzen und sagen ingesambt, Ach laß Herr Jesu Dein helles Licht bei Unß nim-

mermehr ausleschen nicht, Zu leistung und beßerer anstellung dieses Gottesdienstes hatt nun E. Ch. D. und Dero Herzliebste Gemahlin Unsere gnädigste Churfürstin und Landesmutter, ein ansehnliches Mesgewandt und kelch gnädigst Verehrt, worfür Wir annoch Unterthänigst tanckbar, ia andere Christliche Bürger und guttherzige Leute haben Ihre milde Hand auffgethan, Predigtstuel, Crucifix, eine Glocke, Taufstein und andere benötigte ornamenta angeschaffet, auch die darin besindlichen Stände umb Ihr geldt erbauen laßen, ia es hatt überdieses hießige Gemeinde anfangs ein Positiv Vor 50 Fl. Item Verrückter Zeit ein Orgelwergk Vor 325 Thlr., worauf zwar noch etwas restiret, de propriis erkaufft und angeschaffet, Zue geschweigen des Pfarrhauses und des Gottesackers, da nur neulichst mit großer Mühe und Unkosten die Menge der Stöcke ausgerottet, das waßer abgeführet, daß die Leichen nicht in daßelbe gesencket werden müßen, außer was sonst denselben zu ümbschrencken annoch kosten wirdt,

Je mehr nun, gnädigster Ch. und Herr, E. Ch. D. Wir zu erzählen molest seyn, ie mehr findet sich Gottes augenscheinliche güte, gnade und Barmherzigkeit, Da führen E. Ch. D. gnädige Augen, Wir in Unterthenigkeit Zue Unsern Stadtbau, so finden sich Gott lob und Danck in die fünff mahl mehr Häuser alß bey Anlegung der Stadt Zufinden, in betracht der ganze Platz vollauf, ia der Marckt mit über 1600 Stöcken bewachsen gewesen, daß Wir demnach billich exclamiren können, Danckt dem Gott aller Götter, Dan seine Güte wehret ewiglich. Ja es hatt über dieses auch hießige Gemeinde Zue Beförderung E. Ch. D. Zehndens auff Bergkwergke und Gemeinde Stolln, besage der Register über die 2000 Fl. gewendet, haben Gott sei Danck, seine Anblicke und erwarten des allerhöchsten Bergksegen und Glück. Und weil dann auch, gn. Ch. und Herr, Wovon nuzen geschaffet werden können, Vorhanden gewesen, so hatt hießige Gemeinde zue Beförderung deßen eine Mahlmühle mit 3 Gängen, Schneidemühle und Brauhaus von dem Ihrigen erbauet, Seindt auch noch erbötigk, E. Ch. D. zu Ehren und Unterthänigsten Gehorsam Ihr euserstes, der Stadt auffnehmen Zue beförbern, Zu praestiren, Unterthänigst bittende, E. Ch. D. wolle da Keine mühle Zu der Gemeinde Mühle Schaden und Abgang Vermöge gnädigster Privilegien hießiges orths erbauet werden soll, Sie hierüber gnädigst schüzen und PrivatPersonen, deßen sich zu unterstehen, gnädigst inhibiren. Und ob Zwort, gn. Ch. und Herr, hießige sämbtliche Gemeinde gerne annoch eine oder ein Paar Glocken, Damit die im Walde wohnenden Evangelischen den KirchenKlangk beßer hören und Vernehmen Könten, anschaffen, Item den Kirchenthurm Vollents wie allbereit angefangen Vollführen, ein Rathhauß, wozu der abgesteckte Platz gehöret, auffbauen wollen, So hatt es doch an dem besten gefehlet, in dem sich ein iedweder im anbau Verstecket und Sein Hab und Gutt wegen der schädlichen reformation im stiche laßen, des getreydichs und victualien wie auch Heyes mit großen und schweren Unkosten mit Zoll, Mauth und auffschlagk auß Böhmen biß dato erholen müßen, Dahero E. Ch. D. ümb gewiße Stadtreviere und Huttweyde Zu deßelben erbauung in einem absonderlichen supplicato genottrengt, alß Unsern gnädigsten LandesVater Wir anstehen müßen,

Und weil denn wie hienechst angeführet, die benötigte Glocken anzuschaffen, den Kirchthurm und Rathhauß Zu beßern ansehn der Stadt auffzuführen Wir um Vermögens halber noch eine geraume Zeit anstehen laßen müsten, Dannenhero haben zu E. Ch. D. bei Dero Churfürstl. und gnädigster Ankunfft Wir das unterthä-

nigſte und gehorſame Vertrauen erfaßen wollen, E. Ch. D. werden höchſt rühm=
lichſt auch bei dieſem mahle über hieſiger gemeinde Weitläuffigen und einfeltigen
iedoch chriſtlichen An = und Vorbringen, welches die euſerſte Noth und der Stadt
Annehmen erfordern thutt, nicht etwa ein vngnädiges Mißfallen darob haben, und
dahin gnädigſt geruhen: Ob nicht E. Ch. D. auß Churfürſtl. Clementz, iedoch zu
Dero Churfürſtl. und gnädigſten belieben geſtellet, Uns zur Fortſtellung Unſeres
Gottesdienſtes, wie Wir allbereit zu zweyen mahlen Unterthänigſt angehalten,
auch durch den Obriſten Leutenandt Wagner gute Vertröſtung erlanget haben, eine
oder ein Paar Glocken und etwa zu Völligen auffbau Unſeres angefangenen Kir=
chenthurms und künfftigen Rathhaußbaues den hieſigen Zoll und Licentgeldt auff eine
gewiße Zeit, wie lang es E. Ch. D. gefallen möchte, gnädigſt Verehren wolten,
Hierdurch nun wird E. Ch. D. ein löbliches Werck Churfürſtl. Clementz und Barm=
herzigkeit erweiſen, Chriſtum ſelbſt, weil es zu Seiner Ehre und Fortpflanzung
des reinen Wortts Gottes angeſehen iſt, hierdurch ſpeiſen und träncken, welche
Hohe Churfürſtl. Wohlthatt dan Gott alß das Haubt der Verfolgten Chriſten, ia
welcher nicht das geringſte, waß Seinen gliedmaßen allhier auff Erden erwieſen
wirdt, unbelohnt laſſen will, E. Ch. D., Dero Herzliebſter Gemahlin, Unſerer
gnädigſten Churfürſtin und Landesmutter, Dero Vielgeliebten ChurPrinzen und
Fräulein Fürſtl. Durchl. und dem ganzen Hochlöbl. Hauſe zu Sachßen hier zeitli=
chen mit Chur = und fürſtl. Wohlergehen, dort aber in jenem Leben mit der Chrone
der ewigen Seligkeit reichlich ia 1000fältig belohnen [wird],

Immaßen ſolches bei Göttlicher Allmacht zu Verbitten Wir mit den armen
Unſrigen ia mit den lallenden Kindern, Derer Lob ſich Gott abſonderlich zuberei=
tet hatt, und Ihr Stamlen erhören will, auff Unſere Knie niederfallende und
beytagk und Nacht zu Verbitten in ein andächtig Vater Unſer ſchließen und E. Ch.
D. gnädigſte resolution deshalben mit freuden Vernehmen wollen, Verbleiben auch
hiernechſt E. Ch. D. zu aller Unterthänigſter und gehorſamſter auffwartung ſtets
bereitwillig und gefliſſen, exclamiren im Nahmen Gottes:

Salve Ruta potens longum frondosa per aevum
Imploreutque Tuam Vesper et ortus opem.

Der Sächſiſch Rautenkranz der grüne fort und fort,
Weil Seine Hülff bedarff der Süd Oſt Weſt und Nordt.

Datum JohannGeorgen Stadt bey der Churfürſtlichen Gott Lob glücklichen
Anfunfft den 12. July Ao. 1661.

E. Churfürſtl. Durchl.

Unterthänigſte

Treugehorſamſte

Der Rath und ſämbtliche arme Gemeinde
daſelbſt.

No. IX.

Privilegium Löbell's Haus betr. d. d. Dreßden, 18. Oct. 1665.

[Confirmationes privilegior. statutor. de A. 1661 — 70.   Vol. XXII. Bl. 641.
(Archiv der Landesregierung).]

Von Gottes Gnaden, Wir Johann Georg der Ander ꝛc. . . . thun kundt,
Nachdem unser lieber getreuer Johann Löbell der Aelter, Bürgermeister zur Jo=
hannGeorgenStadt in schrifften vorbringen laßen, Welchergestalt Er alß ein Ver=
wandter der Augsburgischen Confession seine im KönigReich Böhmen zur Platten
gehabte drei ansehnliche Heuser sampt zugehörigen fluhren vnd wiesen sowohl dem
Bergkmeister= vnd Richter Ampte, verlaßen, dahegen in vnser Churfürstenthumb
vnd Lande sich gewendet vnd zu erbawung der Johann Georgen Stadt den Anfang
machen helffen, mit seinen Söhnen allein 4 Heuser auffgerichtet, vnd darüber sein
übriges vermögen meist verbawet, Hinkegen aber noch Zur Zeit wenig Nahrung
des orts hette, auch das Bürgermeister Ampt bißher ins siebente Jahr vmbsonst
verwaltet, Dahero unterthänigst gebeten, Wir wolten Ihme alß einem alten, vier
und siebentzig Jährigen Manne, die Churfürstl. Gnade beweisen vnd sein newer=
bawetes am Marckte gelegenes Wohnhauß darinnen Wir bißhero vnser Reiselager
gehabt, von allen künfftigen StewerSchocken, Zinßen, Diensten, Contributio=
nen vnd anderen Anlagen vnd Beschwerungen, so etwa ins künfftige auff gemeldte
Stadt vnd Gemeine gelegt werden möchten, befreyen vnd darüber mit zweyen
stewerfreyen Vieren noch begnaden,

Daß Wir dies Suchen angesehen vnd umb angeführter vnß nicht vnbekandter
vrsachen willen, sein am Marckt gelegenes Hauß von allen vorher gemeldten An=
lagen vnd Beschwerungen, so von Unß, vnßern Erben vnd Nachkommen, ins
künfftige auff solche Stadt gelegt werden möchten, befreyet haben,

Thun das auch aus Landesfürstlicher Macht vnd von Obrigkeit wegen hiermit
und in krafft dieses Vnd befehlen darauff vnsern itzigen vnd künfftigen Haupt= vnd
Amptleuten ꝛc. **) . . .

No. X.

Privilegium Allius Haus betr. d. d. Schloß Hartenfelß,
4. Oct. Ao. 1680.

[Confirmationes etc. l. c.]

Von Gottes Gnaden, Wir Johann Georg der Andere ꝛc. . . . thun kund,
Nachdem Vnß unser lieber getreuer Matthaeus Allius No. [notarius] StadtRich=
ter vnd der erste StadtSchreiber zur JohannGeorgenStadt in schrifften beweglich
vorbringen vnd zu erkennen geben laßen, wasmaßen er vormahls allen möglichen

---

**) Bestätigt für Abraham Wenzel Löbell unterm 10. Dec. 1683 [Vol. XXXI.
Bl. 381.]; dann wieder 1693, 23. Febr. 1705.

Fleiß vnd Sorgfalt bey Anleg= vnd auffrichtung Unserer Neuerbauten Johann Georgen Stadt, angewendet vnd sowohln im Geist= als weltlichen Stande, mit vielen Schreiben, Reisen vnd Sollicitiren sich das Werck zu befördern euserst ange= legen sein laßen, auch das Stadt Schreiber Dienst in die etliche Zwantzig, das Richter Ambt über vierzehn Jahr mit schlechter Besoldung vnd Ergötzlichkeit verwal= tet vnd über sich nehmen müßen, dahero unterthänigst Ansuchung gethan vnd ge= beten, Wir wolten ihme als einem Emerito vnd den der liebe Gott mit vielen Kindern gesegnet, sein am Marckte zu allererst erbawtes Hauß von allen Landes= abgaben, Steuerschocken, Zinßen, Diensten, Contributiones und andern extra= als ordinar Anlagen und Beschwerungen, welche etwa in Zukunfft nach zustande der Zeit auf gemelbte Stadt vnd Commun geleget werden möchten, wie auch auf sechs Schragen HolzGeldt ebenfalls befreyen vnd eximiren, Daß wir dies Suchen angesehen vnd umb angeführter Vns nicht unbekanter Ursachen vnd Umbstände wil= len auch nach eingeholten des Raths zu besagter JohannGeorgenStadt unterthänig= sten Bericht sein am Marckte gelegenes Hauß von allen vorher gemelten Landes Anlagen vnd Beschwerungen, so von Unß, Unsern Erben vnd Nachkommen ins künfftige auf solche Stadt gelegt werden möchten, wie auch des gebreuchlichen Waldzinses der erwehnten Sechs Schragen Holz halber befreyet haben,

Thun das auch aus Landesfürstlicher Macht rc. . . . *)

---

*) Neubestätigt von Joh. Georg III. d. d. Dreßben 10. Dec. 1683.

Berichtigungen.

S. 32 Zeile 11 von unten lies „hintansetzen" statt hinansetzen.

Im Anhang:

S. XII. Zeile 6 von oben lies „Stepner" statt Sterner.